本书由安徽师范大学教育基金会宝文基金资助出版

云水集

李向荣 著

安徽师范大学出版社

·芜湖·

责任编辑:汪鹏生
装帧设计:丁奕奕

图书在版编目(CIP)数据

云水集/李向荣著. —芜湖:安徽师范大学出版社,2017.1
ISBN 978-7-5676-2733-8

Ⅰ.①云… Ⅱ.①李… Ⅲ.①中国文学－当代文学－作品综合集 Ⅳ.①I217.2

中国版本图书馆CIP数据核字(2016)第022232号

YUN SHUI JI
云 水 集
李向荣 著

出版发行:安徽师范大学出版社
　　　　　芜湖市九华南路189号安徽师范大学花津校区　邮政编码:241002
网　　址:http://www.ahnupress.com
发 行 部:0553-3883578　5910327　5910310(传真) E-mail:asdcbsfxb@126.com
印　　刷:安徽芜湖新华印务有限责任公司
版　　次:2017年1月第1版
印　　次:2017年1月第1次印刷
规　　格:700 mm×1000 mm　1/16
印　　张:16.25
字　　数:250千字
书　　号:ISBN 978-7-5676-2733-8
定　　价:48.00元

目 录

云
水
集

散文部分

海空万里

云
水
集

逝水年华

文学评论部分

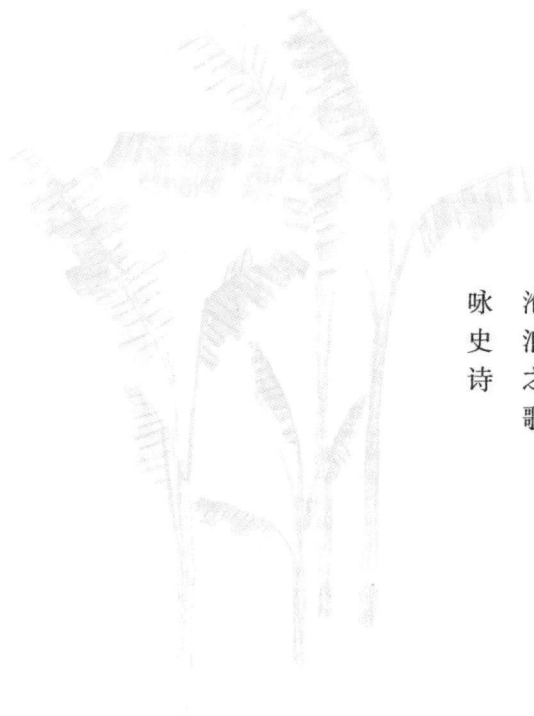

诗 词 部 分

- 军旅之歌
- 校园杂咏
- 沧浪之歌
- 咏史诗

诗 词 部 分

中秋夜

金风皓月秋意浓，
世人欢悲各不同；
寂寞嫦娥翩翩去，
大地安无知心童？

1972 夏

废墟里有朵残花
——给文革初期一少年

一个失学的少年在四处溜达，
疯狂的世界充满喧哗；
他来到一处荒芜的院落，
纷乱嘈杂在这里静下；
杂草丛生，断砖碎瓦，
废墟里他看到一朵无名的残花；
花的半边被什么虫子噬咬糟踏，

残留的半边却美艳如霞，
开的那么孤寂，那么静美，
少年想把它连根挖下，
想陪伴它一起长大。
纤弱的根茎是那么柔嫩，
守望的少年在屏息细察；
不敢用小手作轻轻一拔，
虽然对它怜爱有加。
不忍心伤害它，
就别再打扰吧。
庆幸哦，
这无人赏识自开自落的花，
还是如花的少年遇见了它。
少年静静地离去，
心田的奇葩却在滋长
悄然开花。

军 旅 之 歌

月 夜

叮咚、叮咚……
山泉拨动月亮，
琴声飘着花香，
流向边防哨所，
流过战士身旁。
叮咚、叮咚……
月光如银，
溪水淙淙，
祖国啊，
有我们在这里守卫，
请您放心安睡！

小 花

我们潜伏在一块静寂的山地，
石块张齿锯，

草茎儿微细；
闷热啊，
这能点着的空气；
一阵清风飘过，
吹来一缕清幽的香气，
那么淡雅，
那么清奇；
我匍匐着细细寻觅，
哦，一丛蓝色的小花！
确切地说，
它是花的微粒；
生长在山崖，
朴实无华，
植根于石块，
花叶委地；
伴着她，
我们潜伏在这片静寂的山地。

1974 夏

小 溪

伴着山涧，
我用枝叶搭了个潜伏地；
顽皮的小溪，
在我身边不停地嬉戏；
枕着山涧，
小溪在轻轻耳语：
别惊动小鹿喝水，
孔雀跳舞最美丽，
还有——野猪的蹄！

1974 夏

记朱总司令视察我海军第一艘核潜艇

夜半起哨声，
列队传佳音：
朱总来视察，
看我核潜艇；
执手握水兵，
查看舰队群；
细细侧耳听，
一一问分明；
喜看龙出海，

惊雷动地音。

1974.8

云
水
集

赞海军工程兵(三首)

（一）
海防线上起工程，
一沙一石建国门；
苦死不怕深挖洞，
万里海空铸长城。

（二）
碧波万顷隐战舰，
关山千重藏铁鹰；
为使海空铁军在，
铁打营盘有工兵。

（三）

海防线上海军工，
万死不辞深开洞；
开山炮声撼群峰，
小火车响彻沂蒙；
铁臂洞穿大山石，
红星闪耀战旗红。
砂石钢筋总关情，
铜墙铁壁卫海空。

记海工部队施工

夜半束冰甲，
洞口待炮声；
风镐破岩石，
崩塌惊心魂；
抢救掌子面，
敢死分秒争；
狂飙猛突进，
洞中开乾坤。

海工三团征战记

二狼山上走铁军，

崂山深处藏工兵；
仓口扩建战机频，
铁鹰呼啸起流亭；
飞行跑道有褡裢，
莱山机场出偏军；
连云港口泊舰艇，
艰苦开山青州营。

与战友话宝岛

难忘中秋九月八，
漫步军营缓踏沙；
神采飞扬登宝岛，
相约奋发度年华。

1975.9

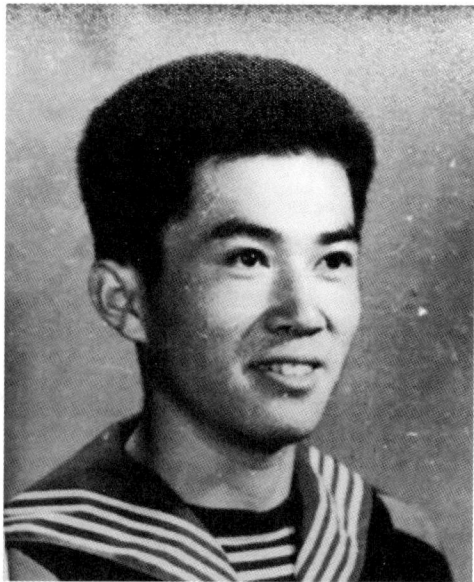

祭海工三团死难战友

一处坟茔一青松，
几抔黄土埋精忠；
多少青春好儿郎，
碧血洒染杜鹃红。

红灯照

夜幕锁万家，
工地人喧哗；
星海银河映篝火，
一盏红灯如箭发。

跃上铁手架，
飞下野山洼；
光焰闪烁照征程，
提灯的是师长老马。

晃悠悠，射光华，
岁月流逝逐浪花；
草原茫，雪山崖，
定路标，它指引大军把敌杀；
密林中，平原上，

燃炮楼，把日寇烧个流水落花；
长江夜，惊涛涌，
随万道金光大军南下……

高擎起，如灯塔，
照得山川美如画；
学马列，真理如泉涌出闸，
汗水把"官、暮、骄"气冲刷，
铁手清除了多少泥沙；
还是那股子拼命劲，
雷音震耳喊冲杀，
九天狂飙一脚踏！

照不尽啊，看不够，
祖国又竖起多少钢梁铁架；
深山里隐伏着千军万马，
钢轨上，专列车整装欲发。

光焰永不息，
两鬓染霜花，
手提红灯乐哈哈，
笑指烽火漫天涯。

红灯自有后来人，
万紫千红开新花；
铁流滚滚驱残夜，
迎来东方满天霞。

1975.

战场新歌

——赞一转业军人

放眼看大洋，
极目莽苍苍；
日出无限美，
风吹卷麦浪。

脚踏起伏的山梁，
如驾战舰又出航；
锄头敲金土，
高歌万壑扬。
舰长他，不，副县长，
雾里安家云里闯；
解甲归田日，
深根扎山乡。

县委班子又加钢，
劳动大军添虎将；
铁臂摇群峰，
红心似火旺。

跨越青山千重梁，
如驾战舰劈巨浪；
蓝图绘壮志，

如铸铁壁墙。

开山炮，隆隆响，
多像西沙揍豺狼；
普及大寨县，
打的翻身仗。

风雨春秋两肩扛，
改天换地多豪壮；
他说，家乡要富强，
大地要变样。

层层梯田稻花香，
清清渠水绕山梁；
劳动创世界，
山河好风光。

共产党人特殊钢，
能官能民能城乡；
旧观念扫一旁，
迈步向前方。

1975.

唐山抗震救灾颂

快！百架银鹰临碧空，
快！千辆战车挟飓风，
带着党的恩情山海样重，
伴随全国人民脉搏一齐跳动。

中南海灯光彻夜红，
千军万马齐调动；
子弟兵舍死忘生向前冲，
人民军队多雷锋。

中央发来慰问电，
云开日出暖心胸；
眼看亲人八方来，
心潮澎湃热泪涌。

敬爱的毛主席，
请您老人家放心多保重；
地震山崩，
震不垮新中国的主人翁。

铁打的社员，
钢铸的矿工，
革命生产不放松，
我们是特别能战斗的工农。

座座席棚，鱼水情浓；
抗震小学，书声琅琅花儿红；
重建家园，军民自有回天功，
再造新城，凤凰涅槃在工农。

浮桥起，铁路通，
麦浪翻滚高粱红，
滚滚乌金如潮涌，
钢花飞溅照夜空。

快！让重建的讯息传向长空，
快！让震不垮的唐山卷起东风；
带着唐山人民问候情深意重，
看英雄的唐山在怎样行动。

1976.8

哀期感发

——九月夜深沉

悲怆满胸血在抖，
几欲仰天吼；
看乱云纷起，
沧海涌横流。

莫疑红旗打多久，
志士何曾怕断头；

信八亿神州，
自有擎天手。

1976.9

何人堪为经纶手

何人堪为经纶手，
织得中华衣锦绣；
赤子当尽牛马力，
春播一粒秋万斗。

1976.11

人生步步从头越

少时纯真信无邪，
十年动荡见奇绝；
千头万绪待谁解，
人生步步从头越。

1977.1

赠 战 友

四载我战友，
莫道忍分手；
胸怀赤诚语，
东西南北走。
军营并肩走，
深夜促膝就，
青年怀国事，
喜笑怒骂忧。

前去征途久，
风雨莫惊啾，
立志随马列，
探索莫停留。

春光新绿柳，
朝夕争上游，
承继毛周志，
沧海逐洪流。

1977.3

忆马山军营与工地

人去怎知大山空，
此地当年藏虎龙；
万千男儿流血汗，
冰甲铁戈入梦中。

2011.

题战友老照片

青春作伴日，
白衣复戎装；
风华忆当年，
壮志在儿郎。

2011.6.19

记中国第一艘航母"辽宁航"试航

千呼万盼驶出海，
鸣镝三声缓缓来；
惊起鸥鸟飞一片，
大洋方为龙世界。

2011.8.10

校园杂咏

伤 鸟

晨步环城路，林深树密，见雏鸟四只，嗷嗷待哺，倏忽间，看雏鸟被捕双伤其一，有感而作。

呕心衔哺数日功，
殷盼雏子翔苍穹；
破晓晨啼学展翅，
忽遭突袭命蹇穷；
两雏分离尽入笼，
一雏命薄即时终；
母子挣脱惊逃去，
岂料广天何日穷？

1977 夏

记中美建交

中美两国今建交，
天下三分大势好；

中央决策立意高，
毛周遗志继承了。
五千文明开新宇，
三十阻隔渐冰消；
龙腾虎跃反霸道，
何日收复我宝岛？

1978.12.16

党的十一届三中全会闭幕

十年文革终结题，
一代领袖新崛起；
工作重心大转移，
开辟四化新天地。

1978.12.23

看香港电影《三笑》

倜傥风流，浪子伯虎；
一见钟情，痴情狂徒；
卖身为奴，斯文何处？
辱煞纨绔，才压相府；
风月三笑，功名尘土；
至情至性，为快先睹。

1979.3.25

校园蛙声

春夜蛙鼓频频敲，
桃花绿水静静漂；
日月如梭年似锦，
熏风化雨沁入脑。

1979.4.10

纪念五四运动六十周年

六十春秋天地翻，
后浪催前涌巨澜；
四化侪辈当何为？
献身报国方自安。

1979.5.4

游采石矶

轻纱笼幽居，
我临采石矶；
翠螺理新妆，
蛾眉无限意；

君不见大江一去千里急，
换了新天地；
太白归来兮，
携回五彩笔。

点点杏花雨，
声声子规啼；
彩虹作云梯，
青莲归心急。
吾醉矣，
故园处处展红旗，
百姓乐无比；
伟哉巨龙腾飞起，
万丈光焰唱天鸡！

1979.5.20

与九华老僧论禅

僧老好客云雾茶，
喜我远道来九华；
执手长握话乡土，
故园芳菲几度发？
踏破红尘是红尘，
春服何须换袈裟？
谁人解得茶中味，
脚踏莲花一仙家。

1979.8 宿于九华山

心是一块田

心是一块田，
个中有因缘；
还需常打理，
勿作荒草园。

部长辞职了

七十二个工人掉到海里去了，
官僚主义的恶浪吞没了他们；
石油部长辞职了，
这真像又一个海上油田被开发。

注：

　　"渤海2号沉船事件"的处理，中央首开领导责任追究制和问责制，主管副总理受记大过处分，石油部长引咎辞职，海油勘探局局长后被判刑。

1980.8

狭窄的小路,延伸着希望

——致潘晓及青年朋友

思想的牢笼冲破了,
你为何却黯然神伤?
科学的春天到来了,
你为何又困惑迷茫?
指责你不该这样?不,
我们都历经心灵的创伤;
不经风雨坎坷,
怎会寻求新的方向?

这十年,我们曾有过
教徒般自杀式的疯狂;
也患过比死还痛苦的
思想的夜盲;
打破理想的幻镜,
我也曾倍觉忧伤;
见魑魅魍魉黑幕更张,
你也曾极度惊惶。

如同美丽的妙龄女郎,
纯真的爱被卑鄙泼入污脏;
人生的十字路口,
我们曾久久彷徨;

上下求索呵辗转思量，
打碎的是神像还是失去信仰？
理想与爱情若是虚幻和死亡，
还作那愚昧的殉葬与哀伤？
时代洪流冲刷着封建泥浆，
也把你我的灵魂涤荡；
春风唤醒大地，
久历寒冬的花朵竞相怒放；
看看吧，朋友，
是舞动的翅膀还是死灰复扬？
听听吧，朋友，
热血在冷却还是哗哗流淌？

精神的原野，
要坚硬的犁铧开垦拓荒；
心灵的创伤，
痊愈有待前进的时光；
青春即使摔成碎片，
进入生活的万花筒照样缤纷开放。
人生的列车，
即使进入无边的黑暗也隆隆作响。
别让残冬的风沙，
把你双眼迷茫；
别让清除废墟的尘埃，
窒息你的胸腔；
狭窄的小路布满荆棘，
却延伸着希望。
别耽误今天这好时光，
春播一粟万颗粮。

用沉痛的否定，
把真理的燧石敲击出火光；
生活的激流，
大浪淘沙汰劣留强；
别在车上怨这陷人的泥浆，
跳下车一起手推肩扛，
哪怕我们一步一跄；
就做这钢筋、砖石、泥沙，
凝聚起来，我们建筑摩天楼房。

云
水
集

来吧，朋友，
肩起纤绳，
看准方向，
奋力划桨，
共和国的巨轮又将劈波斩浪；
大中华要我们挺起脊梁，
传承五千年文明，
再创那无限辉煌！

1980 夏

注：

　　十年文革浩劫刚过，《中国青年》杂志刊出《人生的路为什么越走越窄》的文章，一时引发全国青年广泛关注和讨论，有感而作。

无　题

少壮十年文革梦，
梦醒方觉世朦胧；
贫穷大地伤残心，
重整山河待群雄。

1980.7

我们这一代

——一青年自画像

像苍蝇一样嗡嗡乱撞，
像豆芽一样苍白细长；
像雏鸟一样嗷嗷待哺，
像飞蛾扑窗找寻光亮；
像饥肠辘辘的婴儿，
吮吸母亲干瘪的乳房；
像蹒跚学步的幼童，
摔倒了爬起再晃；
像纯真童稚的少年，
醒悟了骗局一场；
像一个热恋的青年，

追求心仪的姑娘
——真理的阳光，
善美的梦想！

1980.8.19

云
水
集

照哈哈镜

哈哈镜前真热闹，
你照我照大家照，
你笑我笑大家笑；
哈哈……
哈哈……
人人在叫，
个个在笑
——哈哈大笑。
如果你的灵魂
也这样变形，
你敢不敢照，
你会不会笑，
——哈哈大笑。

美 人 蕉

美人蕉，多么媚人的名字，
一袭碧绿的长裙，

亭亭玉立的身姿，
你在路旁含情脉脉，
悄悄地把谁等待？
你的脸颊怎么这样羞红？
哦——
哪个幸福的小伙子，
赢得了你水样的情怀
火样的爱？
娇羞的花儿悄悄地
牵动我的衣摆；
嘘，小声，
他在向我们走来……

朝霞升起，
他在我身边吐出连珠似的单词，
斜晖脉脉，
他在诵读诗的韵律华采；
有时，他向窗外投来深深的一瞥，
课下，他在我身边伸展健美身材；
朝朝暮暮，
他去的匆匆，匆匆又来；
日复一日，
我怎能不对他牵动情怀？
只是呀，这个书呆，
只知道倘徉在书山文海……
唉，别打扰他，
我宁愿静静地
在一旁把他等待。

1980.10

与友夜谈

促膝清谈夜长，
煮酒论谁模样；
面壁寒窗意何为，
于国于家无望？

党啊，妈妈

死去的，
死去了，
一声枪响，
倒下了一个心碎的女儿，
因为，
她不能看着母亲被糟蹋。

跳海的，
跳海了，
一簇浪花，
吞没了一个清醒的女儿，
大海啊，
天知道，你激起多少浪花！？

于是，有人感到害怕，

妈妈，这称号我还给你吧，
我是你不肖的儿，
——至少，他说了句实话，
去吧，
这没啥，
妈没指望他。

也有人在嗤嗤笑话：
呵呵，这些个傻瓜，
没学过加减乘除法，
这里的油水可大啦！
妈妈，你听见了吗？
这些是无赖儿。

执政党的大门里，
进进出出，
照样潮水般涌动
一批批人马；
这里有精灵鬼，
当然，也有"傻瓜"。

我哭我叫，
摔倒了再爬，
妈妈扶着我，
一步一步向前跨；
妈妈，你在想：
"这娃，将来会长成个啥？"

党啊，妈妈，
你真伤透了心吗？

你真的老了吗？
我们永远是你
忠诚的孩子啊！

1980.12

再游采石矶

狂客酩酊蛾眉艳，
人间岂能容谪仙；
莫道捞月水中眠，
大江无语奈何天。

给……

不要把自己变成蜗牛，
缩进这舒适的小窝，
——背起你那沉沉的壳；
不要让你那明亮的双眼
变成这对小小的触角，
——这样你能探出什么？
爬呀爬，
如果这就是你的生活。

走自己的路

自己的路自己走，
自己的事自己干；
不动脑筋不出汗，
不是自己这碗饭。

沧浪之歌

人生之路

——元旦伏案读书作

人生之路各不同，
此处不到彼处通；
达观心胸在四海，
物竞天择进化功。

1983.1

野 火

敲击坚硬的燧石，
迸放瞬间的火花，
点燃
枯草、败叶、残枝，
留下一片焦黑的沃土，
覆盖层层冷白的冰雪，

且待
春风、细雨、绿芽！

始信峰观云海

雾海云天混沌间，
奇山秀水皆不见；
忽然云卷风吹去，
始信一柱能擎天。

殇

暴雨滂沱兮惊雷劈地，
吾于高山之巅兮长跪不起；

江山多娇兮巍峨壮丽，
五内俱焚兮放声痛泣。

喜见阿婆着艳妆

内战一别四十载，
海天相隔音杳茫；
白头翁婿今归来，
喜见阿婆着艳妆。

定风波

莫惧云暗风波起，
调定身心奋力游；
俯仰伸缩天然趣，
啸吟，
赤条一身自在行。

暮霭沉沉清风引，
微冷，
芳草萋萋白鹭惊；
回首来时险恶路，
前进，

也无风波也无云。

1996.4.27

夏　夜

暑热难消夏夜烦，
摇扇无助把诗玩；
渐觉清凉沁心脾，
夜阑挑灯忧复欢。

一入公门

一入公门万事难，
做事不难做人难；
做事当为天下计，
做人良心要安然。

梦醒时分

梦醒时分人最觉，
抓取竹管捉灵光；
片言只语入诗囊，

胜似白日搜枯肠。

觅 诗

一夜觅得诗几首，
不会吟诗也会诌；
抛却名缰卸利锁，
无我无求得自由。

书 债

此生唯欠读书债，
债台高筑实难奈；
还得冬去春又来，
尝尽甘苦方自在。

年 轻

在我年轻时，
负载着一颗不年轻的心；
当我不再年轻时，
跳动着一颗年轻的心。

看朱德井冈山读史批注：

参观井冈山斗争纪念馆，看当年朱德批注《三国志·魏志·武帝纪》："乱世有大志无力者，均远避，养力以待时，后多成。"有感而作。

英雄乱世非草莽，
占山此处不为王；
胸有大志顾八荒，
蓄势远避上井冈。
割据一方红旗扬，
大舟远航待巨浪；
千磨万砺成铁军，
星火燎原东方亮。

1997 夏

游贵州天星桥

（一）

千里奇缘驭长风，
天星桥上喜相逢；
似水柔情佳期梦，
胜却人间万千重。

（二）

银汉遥迢两颗心，
天桥相会一夕情；
织女无悔遇牛郎，
碧海青天夜夜星。

游织金洞

地下乾坤大，
洞中日月长，
人生何短暂，
渺小应思量。

谒遵义红军无名烈士墓

遵义红军山无名烈士墓前，香火长年不绝，当地百姓供奉为"红军菩萨"，感而记之。

红军坟前一炷香，
菩萨保佑三声长；
青山有幸埋忠骨，
黄土无声万民仰。

观贵州某地下河口

万头怪兽骤狂奔，
怒涛汹涌轰鬼门；
翻腾咆哮撼天地，
白浪漩落惊心魂。

1997 秋

贺芜湖师专"2+1"主辅修制
中文兼美术课题通过鉴定

并蒂花开文兼美，
多才多艺二加一；
中文学子绘丹青，
教学改革无止息。

1998.3.17

中缅边境观光

缅山佛塔放金光，
街头商家玉玎珰，
灿然一片孔雀羽，
小贩叫卖红木象。

1998.11

无　题

人生即使进入无边的黑暗，
夜行的列车也要隆隆向前。

吊陈独秀墓

荒草萋萋乱坟丘，
一抔黄土掩风流；
惊天动地生前事，
千秋功罪任啁啾。

1999.6

咏彭老总

彭总直声天下闻，
为民请命求理真，
今信挂甲能蔽日，
夜夜喧嚣不死魂。

2000.8

咏 水 仙

埋身沙尘意何求，
偏向寒冬寻自由；
一掬清水洗雪肤，
绿叶凌波香自流。

2000.1

游褒禅山华阳洞观洞口古木

华阳洞口盘古木，
扎根破岩石抱树；
纤枝扛顶万斤石，
绿叶婆娑朝天舒。

2001.8

示 儿 诗

　　九月金秋，吾子赴沪求学，别时匆匆，无暇细谈，作诗送行，其意殷殷。

爱子求学去，
小鹰振长空；
作诗送你行，
切望记心中。
身体要健壮，
生命在运动；
待人唯真诚，
品德重谦恭；
立身须谨慎，
做事善始终；
立人先立志，
天下本为公；
志当存高远，

自强莫放松；
眼界须开阔，
俯仰天地中；
胸腹装四海，
大度方雍容；
遇事能沉着，
何惧泰山崩；
从善如顺流，
学师三人从；
娇骄当力戒，
浮躁气莫纵；
莫做纨绔子，
皮厚腹中空；
勤俭爱劳动，
清廉乃家风。
日常能三省，
自知方自重；
君子亦慎独，
贵在能自控；
交友宜慎重；
直谅多闻中；
知心最难觅，
道合志趣同；
天才在勤奋，
耕耘不懈松；
时时惜光阴，
处处学问中；
学海本无涯，
滴水穿石功；
读书莫读死，

悟在无字中；
求真还务实，
创新见力工。
生为炎黄子，
爱国报精忠；
人民养育你，
点滴效泉涌；
叮咛复叮咛，
做棵黄山松。

2001.9

马年有感

光阴似箭入马年，
少壮白头莫等闲，
春意无限风光好，
不须扬鞭自向前。

2002.1

游新加坡、马来西亚组诗（六首）

马六甲海峡沿岸有座山丘，名三宝山，因纪念三宝太监郑和登陆而得名。此山遍布数代华人坟茔，今碑残墓颓，满目荒凉，睹之伤情。当地市政拟辟公路，遭华族公议阻之，乃作罢。

（一）

三宝山丘千千坟，

马六甲岸代代魂；
隔海望乡无归路，
埋骨蛮荒是华人。

（二）

三宝太监下西洋，
今人犹自叹辉煌；
若使明廷有眼界，
此地早辟我南疆。

（三）

遮天蔽日大宝船，
郑和舟楫遍海湾；
若使当年留建制，
南游华人自扬帆。

（四）

日寇铁蹄践南洋，
浴血抗战有华郎；
忠贞范式蒋公辞，①
祭奠英灵一炷香。

注：

①此地留有抗日烈士纪念碑，碑文由蒋介石题辞："忠贞范式"，
纪念抗日归国捐躯的华侨。

（五）

吉隆坡市中心，有一豪华娱乐场所，旧为英人俱乐部，当年殖民
者在门前竖牌"马来人与狗不得入内"，马来人恨称此处为"沙皮狗俱
乐部"。

俱乐部称"沙皮狗"，

云
水
集

英殖歌舞几时休？
"土人与狗莫入内"，
民族独立才自由！

（六）

锡为马来西亚国宝，锡胆尤贵，千淘万漉，世称"黑宝石"，雅名
"美人泪"。

美人项下黑珍珠，
玲珑剔透衬玉肤，
埋首千年无人识，
入世犹悲含泪多。

观黄山鲍家花园盆景并和江老师

虽历雪压风欺时，
难阻寒蕾上春枝；
盘曲虬枝作奇态，
何及天然去修饰。

欣闻豫皖等二十多省免除农业税

自古民以食为天，
皇粮国税续千年；
今朝免除农业税，
安的农家好种田。

2005 春

听胡吉成网上教学讲座即兴

网络教学，
一个神奇的世界，
广阔无垠；
伸出你的手指，
点石成金；
挥舞你的魔杖，
变幻无尽。
捧出一颗心来，
饱含深情；
掩去你的身影，
白云悠悠，
桃李成荫。

2005 夏

咏史诗

读《鹏鸟赋》

万物变化兮无休无息，
喜忧聚门兮吉凶同域；
聚散无常兮变化无极，
生死浮休兮不忧不惧；
名利钱财兮无束无拘，
超然脱俗兮好恶莫积；
达人大观兮物无不可，
无累无忧兮独与道齐。

2006 夏

感冯谖客孟尝

长铗三弹歌归来，
食客一计安庙堂；
狡兔三窟谋深远，
能容能用一孟尝。

读《论语·侍坐》

师生促膝言其志，
各抒胸怀谈笑时；
齐鲁春风吾与点，
兼济天下千秋志。

读《邵公谏弭谤》

国人壅口莫敢言，
道路以目实堪怜；
防民之口如防川，
厉王流亡几何年？

赞董宣执法

湖阳公主真放纵，
洛阳小令执法重。
拼死护法对昏庸，
强项抗命坚不从。
皇威不能屈一令，
白衣不与天子同。

廉直志士死乃知，
桴鼓不鸣卧虎翁。

巢湖放王岗寻问

放王岗头问放王，
乡里无人说周详；
旗鼓当年汉家墓，
麦浪翻滚映残阳。

注：

查《商书》"仲虺作诰：成汤放桀于南巢"，笔者以为，当是此地。

晋阳赞李世民

太原公子世无双，
掀天揭地少年狂；
连乾浸坤黄河水，
奔腾咆哮击龙皇；
马上天下马下治，
载舟复舟水激扬；
辅贤依德对苍生，
一代天骄开大唐。

2009.12. 太原

登浔阳楼

一江烟雨锁清秋，
犹闻虎啸浔阳楼；
三杯尽吐英雄胆，
两诗狂放惊天吼；
若非官昏逼民反，
哪得豪杰闹九州？
水泊梁山传千古，
过客匆匆道风流。

2010.3

千古风流说阮嵇

竹林深深翠欲滴，
卧龙藏虎名士聚；
把酒狂啸玄风起，
越名任心放无羁；
莫谓书生清谈论，
头颅掷处血满地；
广陵一曲成绝响，
千古风流说阮嵇！

2014.3.20

看道光君臣对话

膝头打掌数道光，
近臣迎合竟效仿；
三两补丁曹丞相，
内府工贵钱五两；
腹胀省却几多银，
一枚鸡子舌如簧；
有心皇家守社稷，
无力澜狂没夕阳。

2016.6

辱国讵罪一书生

千年变局临清廷，
横看列强军犯境；
辱国讵罪一书生？
独木难支大厦倾。

2016.6

云 水 吟

自 题

性刚不弹食客铗，
傲骨讵扣富儿门。
虽为五斗不折腰，
端居冷坐看纷呈。

2006.

雪 梅

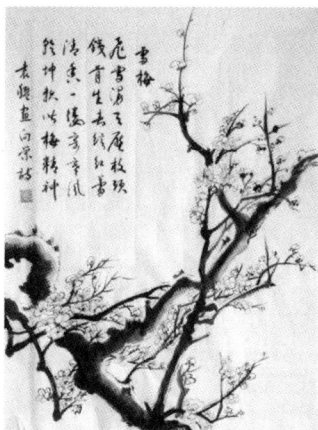

飞雪漫天压枝头，
铁骨生春绽红蕾；
清香一缕寄寒风，
乾坤赖有梅精神。

2008 冬

朝天椒

小小朝天椒，
簇簇向天笑。
秋霜打红时，
辣的让你叫！

2009 秋

诗
词
部
分

游九寨沟(三首)

居九寨沟旅舍

排闼见青山，
临轩看白河；
卧枕闻激流，
身作梦幻客。

赞九寨黄龙

绿水绕青山，
黄龙落人间；
居然天上客，
游戏在桑田。

赞九寨沟海子

白云青山留倒影，
碧水蓝湖绝美艳；
野鸭划过水底树，
五彩宝石海连天。

2009.8

参加东财网院年会即兴

借元好问《雁丘辞》，喻东北财经大学推进网络教育之情，状全国各地学习中心汇聚太原之盛，赞山西风光人文，祝东财引领网络教育之风流。

今日三晋喜聚首，
纷纷大雁落并州，
山水名胜风光好，
人文荟萃数风流。

2009.12

贺庚寅虎年

虎年偏向虎山行，
兄妹并作龙门吟；
世上无难在攀登，
天道酬勤力耕耘。

2010.1

游铜陵凤丹乡牡丹园

(一)

千亩田园万朵花，

吐芳争艳映朝霞；

花开时节动铜都，

万众争看牡丹花。

(二)

山光引得凤凰来①，

滴水岩下牡丹开；

风雨催春花时节，

满山花开谁不爱？

国色原来在乡野，

天香无意染尘埃；

雍容华贵非自许，

娇艳丽姿天然态。

2010.4

注：

①牡丹园内有一栖凤石，岩石顶部凤凰爪印清晰可见。

香港海洋公园坐太空梭(跳楼机)

平地陡然升百米，

直上青云莫欣喜；

身居高处万众观，
一朝坠落惊心脾；
鬼哭狼嚎真游戏，
抛上落下不由己；
爬高跌狠是良训，
脚踏实地最安逸。

2010　夏

与钟校长等游歙县雄村

星罗三千古村落，
宦达乡贤数雄村。
滔滔江水村边过，
宰相宅第何处寻？
桃花十里开满坡，
四世一品牌坊存。
书院深深桂花楼，
犹闻琅琅读书声。

2010.9

看雄村曹宰相门第

（一）
待我富贵荣华，
许你十里桃花；

金殿朝堂弟伴君，
姐作青灯古刹。

（二）
此处宰相门第，
犹是十里桃花；
隔河半山看古刹，
一样曹姓人家。

观雄村中美合作所遗址

当年深山古村落，
深藏情报机关；
驯放一群虎狼士，
曾令日寇惊魂。
抗战在此须磨剑，
犹闻电报声声；
中美合作御倭人，
凭吊此处旧闻。

注：

中美合作所是国民党军统局与美国海军参谋部情报署1942年创建
的训练特工机构，此雄村中美合作所，为中国最早举办。

漫说风清气正时

漫说风清气正时，
贤者在位能在职；
古来多少似冯公，
白首不用垂钓迟。

2010.10

游岳麓书院

千年学府传一脉，
百代弦歌汇人文；
惟楚有材斯为盛，
衡湘龙虎看书生。

西藏在天上

一山接一山，
山山入云端；
雪域数千里，
西藏在天上。

西藏风情

五色翻飞风马旗，
片石垒就玛尼堆；
杆杆素旗经幡阵，
排排白塔映日华。
三千寺庙奉释迦，
十万僧众酥油花；
转山转水转佛塔，
磕着长头去拉萨。

看雅鲁藏布江中流砥柱

天外落巨石，
矗立大江中；
江水奔腾急，
砥柱激飞流。

看林芝村落

远山一望数十里，
绿树掩映四五家，

黑牛白羊入画图，
高原八月油菜花。

答钟教授元旦赠言

水为上善不争抢，
顺其自然任流淌。
无形无色无不至，
变化多端呈万方。
润泽万物且滋养，
柔弱自能胜刚强。
穿山破石见力量，
汇江入海不可挡。

示妻儿

停机断织宁费功，
励儿刺字报精忠；
生为人杰死亦雄，
莫效项羽负江东。
岂作畏途小儿态，
破釜沉舟气如虹；
人生行到水穷处，

坐看云起大心胸。

2011.1.9

无 题

闹市隐处即深山，
心远喧嚣地自偏；
生旦净丑翩翩过，
冷观浮世静无言。

2011.2

咏桃花

娇艳桃花烂漫开，
尽是山人手自栽；
不屑蜂蝶轻点采，
只会东风春意来。

2011.3

本·拉登死了

一个人的死，
牵动着举世目光；

潮水般的议论，
在东西方回响；
有人欣喜欲狂，
有人黯然神伤。
 一介孱弱病夫，
敢与霸主较量；
似猴头挑战玉皇，
是斗士还是魔王？
如今，拉登死了！
正义从此伸张？

费思量，谁能忘？！
十年生死两茫茫。
双子大厦毁塌时，
这疯狂的世界早已走样。
猎杀者高歌奏响，
圣战者摩拳擦掌。

播下仇恨，
怎能收获希望？
以暴易暴，
能不两败俱伤？
强权绝非公理，
压迫激起反抗。

为何生怕死也怕，
海洋是拉登的墓地归乡？
恐怖的幽灵仍在四处游荡，
白头鹰的翅膀将拍向何方？
梦魇消逝了吗？

且看惊涛拍岸，
浪花飞扬！

2011.5.8

浦口汤泉泡浴有感

山环水绕温泉香，
抱清怀洁在僻乡；
但为黎民洗疮痍，
何来毁誉遭抑扬？
华清水污责明皇，
流香不由朱元璋①；
泉出世态分炎凉②，
濯缨濯足太子汤③。

2011.5.26

注：

①江苏浦口温泉，曾因朱元璋来此礼佛沐浴，当地因避讳改"汤泉"为"香泉"；亦因此地泉水富含硫磺随雾气蒸腾。

②指浦口汤泉有"热泉"、"冷泉"并存奇观。

③萧梁时，传昭明太子萧统曾在此惠济寺读书、烹茶、沐足，后人以一泉取名"太子井"，一泉取名"太子泉"（亦名"太子汤"）。

观山水

看山是山水是水，

看山非山水非水；
山还是山水还水，
无见山水有山水。

参观金寨红军烈士纪念馆

为有牺牲多壮志，
十万红军抛头颅；
师出征战几人归，
青山处处埋忠骨。
碧血挥洒红天地，
泪雨倾盆落山谷。
凌烟阁上星光灿，
无名英烈万万数。

2011.7

诗
词
部
分

观近年日本政坛

上台下台走马灯，
拜鬼闹鬼跳大神；
联美遏中说平衡，
是鹰是鸽系和魂。

2011.8

复台湾谢孟雄先生

畅谈一席如故知，
海峡两岸作神交；
纵观天下分合久，
兄弟携手渡波涛。

2011.10

云
水
集

戏和《嗜睡者》

昔有嗜睡者，作詩云：
每日昏昏睡，睡起日已午，
人活七十歳，我活三十五。
苏轼《司命宫杨道士息轩》：
无事此静坐，一日当两日。
若活七十年，便是百四十。
徐文长诗云：
无事此游戏，一日当三日，
若活七十年，便是二百一。
胡适作：
人作无益事，一日顶三日；
人过七十年，我活二百一。
（一说：不做无益事，一日当三日。
人活五十年，我活百五十。）

友人作：
人作无益事，一日顶日五；
人过九十年，我过四百五。

我和曰：
安睡即是福，不觉人生苦；
笑我昏昏者，送君二百五。

和友贺年诗

西园尽染万木霜，
庆续祥瑞裹银妆；
拜托辰龙遥寄语，
年来福祉和亦康。

和曰：
西学中用开新篇，
庆君革新步前沿；
拜望高歌鞭先着，
年丰人和惠民间。

向前为诗风物远，
荣华富贵皆云烟；
拜罢诸神不羡仙，
年年欢乐与黎黔。

2012.1.26

诗
词
部
分

莫拿文人闲扯淡

文人无行在肝胆，
自古相轻今亦然；
大千世界三六九，
莫拿文人闲扯淡。

2012.6.28

注：

看易中天《文化人的分野》及与其争论驳文作。

退后原来是向前

官场误我几多年，
退后原来是向前。
莫将糊涂作聪明，
白云野鹤心自闲。

2012.8.22

谒腾冲国殇墓园留言

山之上，国有殇；

国族耻，永不忘；
一寸山河一寸血，
十万军魂千秋扬。

2013.8.1

批安倍参拜靖国神社

钓岛波涌太平洋，
东瀛小丑再跳梁；
拜鬼闹鬼作疯狂，
借尸还魂为哪桩？
欲还旧日军国梦，
狐假虎威再张扬；
大国崛起非寻常，
和平之路当自强。

2013.12.26

诗
词
部
分

寄游子

人说江南好，
春风惹人醉。
游子走天涯，
彩云何时归？

乙未中秋赏月

皎皎明月挂中天，
满潭新绿叶正圆。
几尾鱼儿戏水间，
知我乐者在荷莲。

2015.8

反腐肃贪有感

早在人前耻称官，
天下滔滔皆说贪。
沉疴风起青萍时，
化作浊浪漫金山。
刮骨切瘤须断腕，
打虎拍蝇克危难。
依旧山河重收拾，
再造清平作登攀。

2015 夏

赞新西兰怀托莫萤火虫洞奇观(二首)

(一)
地下河上观天河，
头上银河船下河。
幽暗洞窟真奇妙，
萤火明灭上下河。

(二)
幽深黑洞逼寒气，
地下河流多冷寂；
微弱小虫附洞壁，
无声世界静默聚；
一丝微热一丝光，
星星点点出奇迹；
哪得火炬天外来，
荧光明灭银河系。

2015.12

观李青萍画作

红颜命蹇色未消，
颠倒人生作材料；
泼彩难状无尽意，

075

诗词部分

画作炼狱长嘶号。

2016.4

有　感

几多旧识入囹圄，
冷看纷纷叶落去；
慎微慎独一念余，
谋道谋食两相趋；
得意忘形几日许，
出水方识两腿泥；
清风朗月伴老趣，
伏枥退翁忧未已。

2016.4

做　人

少年得志大不幸，
塞翁失马知非福？
官场飞扬看下场，
人生坎坷在做人。

2016.5

记　梦

半生蹉跎惊梦醒，
梦失幼子无处寻；
痛心悔累老父亲，
何来金钩驻月行。

注：

孩子幼时，携公园游玩，曾粗心丢失，脑海刺激至今。

2016.5

看《造化》一文，赠友人

天网莫道疏不漏，
世间多使造孽钱；
造化弄人人弄人，
因果报应屡不爽；
从来王道无乐土，
何处桃源是归乡？
天道好还莫为殃，
人间正道是沧桑。

改友人诗

你在青竹林吟唱，
我徜徉碧水中央；
你奏响高山流水，
我吟哦在水一方；
相望处山高水长，
梦萦时一瓣心香。

2016.5

题画诗

青山多云雾，
凌虚犯斗牛；
曾经沧海波，
觅得归山路。

2016.6

题明华摄影

庭前青竹两三枝，

清风摇曳度四时；
寒暑不易自有节，
风雨交加挺且直。

2016.6

观左右

大河上下几回旋，
河东河西三十年。
忽左忽右寻常见，
或进或退歧路间。
是敌是友变无居，
国际国内一盘棋。
飞龙起舞入中天，
腾飞之路史无前。

2016.5

题 画

千厳（岩）尽画图，
山庄烟霞气。

听星河女士诵文，仿《越人歌》作

今夕何夕兮，
佳音如流；
往日何日兮，
学海同舟。
山有木兮木有枝，
心悦君兮君不知；
月有圆兮缺无圆，
云飘散兮青天远。

2016.8

职场自顾

怀揣一腔正气，
坚守一个人格，
保持一丝清醒，
耐得一番寂寞，
留有一份自尊，
守住一条底线。

2016.8

无　题

一代风云甚恓惶，
无奈他乡作归乡；
隔靴搔痒骂何益，
存身无处化凄凉。
龙性天然谁能驯，
换骨脱胎要脊梁；
殷忧启圣在自强，
多难兴邦路悠长。

丙申中秋

云遮雾锁浑不去，
清风吹得玉镜开；
银辉洒处婆娑影，
款款拾步伴月来。

2016.9

丁酉年作联

闻鸡起舞少壮时，
野鹤闲云归山日。

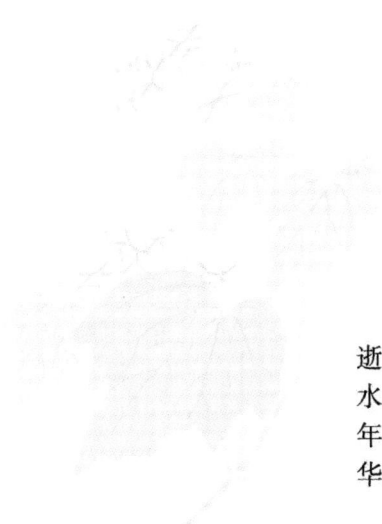

散文部分

散 文 部 分

海 空 万 里

一曲"洪湖"闹军营

　　1976年，那是个动荡不安、人心惶惶的年头。寒冷多雪的冬天，巨星陨落，周恩来总理离开了人世，追悼总理的活动几被禁止。撕人心肺的哀乐刚过不久，部队营房的高音喇叭里就一遍又一遍地播放着"天安门事件"镇压"反革命"的经过，接踵而至的是朱德委员长去世，接着唐山发生大地震，最后毛主席这颗"永远不落的红太阳"也撒手人寰。这段时期，我所在的部队一次次地进入一级战备状态，一会儿夜半哨音骤起紧急集合，追查"周总理遗言"和搜缴"反革命诗词"；一会儿枕戈待旦，随时准备奔赴唐山。

　　一天晚上，部队集合看电影，是一部放了又禁、禁了又放的电影《创业》。面对石头垒起的简陋露天看台，我们四五千军人沿着平缓的山坡排成一个个方队整齐地坐着。在那文化和精神极度匮乏的日子，能看到这样的电影不能不说是一次难得的享受。电影放了一段，突然停下来，群山环抱的露天"剧场"顿时没入一片无边的黑暗。许久，看台的灯亮了，有人上台宣布："上面来电话通知，这部片子有问题，禁止播放。散场！"大伙立时不满地议论起来。我身边的军务参谋忍不住愤怒地骂道："他们（暗指"四人帮"）要干什么？他们要毁灭中国文化！"

电影看不成了，部队不情愿地在纷纷整队准备离场。突然，看台喇叭里传来一阵悠扬悦耳，亲切熟悉，却整整久违十年的乐曲："洪湖水呀，浪呀么浪打浪啊，洪湖岸边是呀么是家乡……"这美妙动听的乐曲如一阵惊雷，滚过冰封雪覆的大地，似融融春水流进人们久已干涸的心田。正在散场的部队顿时一片静寂，人人都凝神倾听这仿佛来自天外的美妙之音；又突然，整个部队沸腾起来，喧哗起来……良久，良久，我看看四周，许多干部战士的眼眶都盈满了泪水。此时此刻，人们都没说什么，也不需要多说什么；此时此刻，这首优美动听的乐曲竟蕴含太多太多的内容，她简直是一曲民心所向，军心所向，让好人振奋，让坏人颤栗的军魂曲；她在催春，她在报晓；此时此刻，她给人以启迪，给人以希望。

面对这样突发的"反革命政治事件"，"迟钝"而又"糊涂"的部队首长竟然谁也没有阻止，谁也没有指责，谁也没有追究。"洪湖水呀，浪呀么浪打浪啊，洪湖岸边是呀么是家乡……"在悠扬的乐曲声中，我们的部队像一股股黑色的铁流，静静地，缓缓地，恋恋不舍地离开"剧场"，汇入黑色的群山……

两年以后，中共中央为贺龙元帅彻底平反。

多少年后，我看到一篇报道，说贺老总在关押期间听到看守他的年轻士兵哼唱"洪湖水啊，浪呀么浪打浪"时，竟老泪纵横。我想，要是贺老总那时置身于我们的部队中，那该多好啊！

《中国教育报》2005.6.18 刊载
纪念中国电影诞生百年"我与电影"征文首篇文章

散文部分

新兵生活片段

（一）

随着火车汽笛一声长鸣，蒸汽机车启动发出巨大声响，白色汽雾蒸腾；车站内插满招展的红旗，四处张贴着彩色标语，高音喇叭里传来阵阵高亢激昂的歌声与口号声，月台上挤满送行的亲友，嘱咐、叮咛，拥抱、流泪，无数只手向着车上离家的亲人挥动，一片呼唤声，整个站台喧嚣沸腾起来。依依惜别的喧闹、热烈、激动、兴奋的一幕，随着火车车轮的隆隆滚动，渐渐远去、消逝，亲人与家乡迅速淡出了我们的视野，一颗颗年轻激动的心慢慢归于平静。

装载我们新兵的列车是闷罐车，车厢木板地上铺着粗糙的芦席，我们或卧或靠地放下了背包，随着铁轨的轧轧声，兵的征程，未知的军旅生活，向我们迎面扑来。一颗颗年轻的心，不会安顿和寂寞，大家开始了互相打量，问询、攀谈，相互迅速熟悉起来。从此，我们彼此有了一个不离不弃、生死与共的滚热的称呼："战友"。

身边一个带兵的军人，戴着红帽徽红领章，裹着褪色的海军灰色棉军大衣，躺在芦席上安静地看着书。我们凑上前一看，他在看小说呢。这倒引起我们的好奇，大家围过去与他攀谈起来。他很开朗健谈，说起了他对文学的兴趣爱好，说起了他写的小说。军队也有"文学爱好者"，发现有共同语言，我们一下子熟悉和接近起来。没想到，和这位带兵的干部（不知从什么时候起，我们的军队干群之间，又用起了"官兵"的称呼，干部一律称作为"官"了；那时的军装，官兵之间在外观上只有两个口袋与四个口袋的区别，现在官阶越来越分明了。）的结识，从此开始了我们的一段战友情谊，这段情谊随后持续了几十年，一直到今。

咣当咣当的闷罐车在半夜时分停了下来，我们得知已经过了济南，来到了潍坊。我们的部队集合下车，在兵站用餐。我们排成前不见头后不见尾的长长一字单列，每人领到两个窝窝头，一碗大白菜，一碗热气腾腾的稀饭（至今我还记得兵站那口装稀饭用的巨大陶缸）。在这冰冷寒彻的冬夜，饥肠辘辘的我们饥不择食地吃着，立刻暖和起来。用完餐后，我们转乘一辆辆卡车，继续前行。（我们得知，这是我们运输连的汽车，清一色的喀尔巴千，罗马尼亚制造，现

云水集

在市面上看不到了。）黎明时分，我们来到了一片一马平川、不见人烟的盐碱滩。咸湿寒冷的海风扑面而来，后来我们得知，这里是渤海的莱州湾，离海岸约有八千米，这里是我们海军的农场，也是我们的新兵训练营地。这片荒凉的沙滩，附近还有一个空军靶场和陆军的一个军马场。在这里，我们将度过三个月披星戴月、摸爬滚打的新兵训练生活。

(二)

在新兵营地，放眼四望，荒凉的盐碱滩上，周边没有一个村庄，除了我们这些兵，见不到一个老百姓。说是营地，就是几排屋顶压着茅草的平房。进入房间，两排土炕，炕上铺着稻草，颠簸一天一夜的我们，解开背包，一个挨一个倒头躺下。到这时候，我才开始理解过去人们所说"滚稻草"的含义，这种艰苦与共的战友之情是怎样建立起来的。

第二天一早，我们被吹哨声唤醒（悠扬的起床号声，要等到下老连队时，我们才能享有，新兵连队还没有司号员），纷纷起来洗漱。哪里有洗脸水呢？住地几百米开外，有片方塘，明镜般的结着厚厚的冰，得抡起大锤，砸开冰洞取水。空旷的原野，凛冽的寒风下，滴水成冰；柔软的毛巾浸下水去，拿起来就变成了直条，一会功夫就冻得硬邦邦的，胡乱地往脸上蹭几下，算是洗了脸。开饭了，以班为单位用脸盆打饭，看着打来的米饭，白米搀杂黄澄澄的小米，颇引人食欲，战士们叫它"二米饭"。我们这些南方兵，多数是第一次见到这样吃法，有的还以为是蛋炒饭呢，盛上满满一碗，大口地吞咽下去，才感觉不好吃，甚至觉得挂嗓子。不过，小米稀饭就馒头，喝起来要好得多。菜吗，不是炒大白菜，就是烧土豆、萝卜，或是咸菜疙瘩、萝卜条，很少变换花样。这样的饮食，持续了三个月，直到新兵训练结束。新兵连是白手起家，没有积累，不像老连队有些底子，自己养猪种菜，逢节假日总要设法改善一下伙食。其实，我们海军的伙食比陆军要好，伙食费比起陆军每天要高出一角钱（那时陆军士兵的伙食费标准是一天4角5分，海军士兵的伙食费为一天5角5分，施工时提高到6角8分）；比起地方的老百姓，更是不差。就说我们南方兵不喜欢吃的馒头、小米吧，据说那时候，地方对小米还实行定额配给，妇女生孩子才多照顾几斤。我至今还在想，是不是那时我们新兵不会做饭，没掌握好水和火候，或者是米面陈了，否则怎么难以下咽。

艰苦的新兵训练开始了，凛冽的寒风里，我们每天都是数个小时的队列训练，许多人的手冻得红肿起来，有的肿得像馒头。几个农村来的新兵，他们来自一个村庄，有次可能是冻得受不了，"老乡见老乡，两眼泪汪汪"，竟相互感染，聚在一起呜呜地哭起来，瞧那出息吧。毕竟从老百姓到军人的转变才刚开始，钢铁不是那么容易炼成的。那时的我，只要队列训练一停下，就立刻使劲地搓手背（这是当过兵的父亲教我的方法），这办法很有效，一段时间下来，我不但没得冻疮，伸出双手来还油光发亮，不过就是有些脏黑。

一天，天气恶劣，狂风大作，无法继续在室外队列训练，连队改在室内以班为单位围着火炉学习军事条例条令。我们住的房间最靠前靠北，一阵狂风过来，把我们的茅草屋顶吹卷起半个，远甚于杜甫老夫子所咏的"八月秋高风怒号，卷我屋上三重茅"。全班立即紧急行动起来，我们把火炉上的开水拎到室外，浇到冰冻的地面化成淤泥，搅拌成一桶一桶的泥浆。我们登上梯子，爬上屋顶，顶着狂风，用泥浆糊压房顶的茅草和雨毡，泥浆很快在屋顶冻成一层结冰的硬壳。没有工具，我们一个个用手捧着泥浆，往房顶抓紧地糊压着；可是热泥浆一捧出来，就迅速冷却，双手这样一会烫热，一会冰冷，这种冷彻入骨，远甚于把手放在冰水里，在寒风中冻得钻心地痛。我当时想到，这时候手上要是有把斧子，恨不得立刻把自己的双手剁了去。

（三）

星期天到了，照例放假休息。空旷的海滩无处可去，大家只有整理整理内务卫生，写写家信，洗衣服刷鞋子，或者找同乡聊天，或者在营地附近转悠。

那天，我和几个同乡转到了营地的水塘边，这个水塘供给周围海、陆军的生活用水。每天我们看到一匹高大的战马独个拉着巨大的水车去塘边的水塔取水，这匹战马十分特别，我们站到它跟前，人的头顶和这匹马的马背差不多高，马蹄竟有脸盆大小，真是威武雄壮。这匹战马也是匹种马，训练有素，在驭手的口令下，进退自如地把身后的水箱口准确地对上水管接水。水塘的水面结了厚厚的冰，平滑的像面巨大的镜子。精力过剩的我们跑到冰层上滑冰，我想试试冰层的厚度，跑到水塘中心，使劲地用脚跺脚下的冰面，冰层没有丝毫反应。这该作罢了吧，可那时年轻顽皮的我，却不善罢甘休，又在冰面上双脚跳起来，砸向冰面，落到冰面时我一下子直直的摔倒，头部像铁锤似的狠狠地砸到冰面上，只听得"嗞啦"一声，冰面被我的脑袋硬是生生地砸开了一道长长的裂纹。这回我老实了，忍住头部的剧痛，赶紧双臂张开，平展身体，不敢乱动，看到冰面没有下陷，这才小心翼翼滑滚到水塘边爬起来。

这不，我们又转悠到附近陆军的军马场来了。星期天，空旷的马场见不到一个人，马厩里有几十匹军马。这些马大多是散养，没备马鞍。我们牵出了一匹高大漂亮的枣红马，来到草地，我抓住马鬃，翻身骑上马背，刚刚神气地挺直上身，还没驱动马匹，没想到我的同乡也是同学赵大个抢起一根树条对着马脸就是狠狠一抽，这匹受惊的马儿遭到如此突然击打，疼得一声长嘶，双脚腾起，狂奔起来，一下子把我掀翻在地。这下好了，我的腿被摔了个骨折，一瘸一拐地回营房了。晚上，连队集合晚点名，小个子指导员，操着一口浓郁的湖南口音点名批评说："骑马?! 马不是好骑的!"队列解散后，大家纷纷学着指导员那怪腔怪调的湖南话对我取笑个不停。几十年过去了，战友们聚会时，只要是和我一同入伍的战友见到我，还会条件反射似地开玩笑："骑马?! 马不是好骑的!"

我们这些城市来的新兵调皮捣蛋的事儿不断。也是星期天，无处消遣，几个新兵跑到我们驻地后面空军的靶场去玩。开阔的靶场空无一人，相隔老远才有一个木头搭的两层瞭望架。这时，瞭望架上的电话突然响了起来，周围根本没有空军弟兄去接，我们的一位老兄四顾无人，立即爬上去接起电话来。对方问道：你们那边准备好了吗？可以起飞吗？我们这位老兄像模像样地回答道：准备好了，可以起飞。不知道，这次空军打靶的飞机是否真的起飞了。不过，这一状还是由附近的空军部队告到了我们连队，大家又一次陪着这位顽皮的战友接受警告，挨了一顿批评。

（四）

队列训练严格而枯燥，要求士兵动作规范，整齐划一，立正、稍息，向左、向右看齐，向左转，向右转，齐步走，跑步走……整天转得晕头转向，尤其是正步走，挺胸、收腹，目视前方，甩手、踢腿，一招一式，不容马虎。几天走下来，浑身酸痛，踢不开腿。我同班的一个士兵叫成福，身材肥胖臃肿，一身军装穿在他身上怎么看怎么别扭，一顶松松垮垮的棉军帽扣在他头上像顶着个西瓜皮。他不识字，在队列中反应极为迟钝，经常转错方向，让班长很伤脑筋。这天惹得连长专门跑来我班看他训练，单个出列的成福越紧张越出错，连胳膊腿竟然都向着一个方向摆动起来，其神态动作极其搞笑，我们在一旁看得大笑不止。连长圆睁双眼瞪着笑弯腰的我，狠狠地批评说："笑什么笑？就你牙齿白！"

　　夜半时分，紧急集合的哨音突然急促地响起，熟睡的我们一跃而起，营房里如同卷起一阵阵旋风。"不许开灯！""不要说话！""快！快！"班排长们严肃地命令并催促着。房间里乱成了一锅粥，黑灯瞎火，我们手忙脚乱地穿衣服打背包；大通铺人挨着人，打背包必须侧着身子，单腿跪起，避免相互挤压碰撞，更要避免背包带彼此缠绕乱拉；穿裤子，上衣，戴帽、穿鞋，背挎包、水壶，取枪支，急急慌慌、争先恐后地向门外奔去。"报数！""一、二、三、四、六、七、八……"动作慢的还没进入队列，"跑步走！"队伍立即就拉了出去。黑夜里，远处火光燃起，我们朝着火光迅跑，奔跑的队伍变得七零八落，零零散散，拉开了距离……跑到火光燃烧处，连长、指导员在等着我们，不时看着表，原来是一场紧急集合的演习。看着气喘吁吁，上气不接下气的我们，班排长开始逐个检查和整理队伍，一会儿到队前出列一个，让我们评看，大家看着，笑得前仰后合，真是狼狈不堪。军容不整的真不少，有穿错衣服、穿错鞋子的，有把帽沿戴反了的，有上衣纽扣扣错位的，更有背包才出门或在路上就松散了的，勉强对付缠绕甚至手捧着棉被的，最好笑的是有个兵穿着短裤就跑出来了，黑夜慌乱中，不知道他的裤子被谁卷到背包里了，瞧这冬夜里冻的吧。这时开始点名，这一点不打紧，让连长、指导员直犯嘀咕，怎么少了一个？"向后转！齐步走！"，派人四处找吧。原来这位新兵，动作太慢，等他打好背包，奔出门时，黑夜里已不见了队伍踪影，他朝着我们相反的方向急急忙忙地追过去，南辕北辙，已经跑错了好几里路。回到营房，你看吧，一个个房间就像被打劫了似的：有水壶、腰带、挎包丢在地上的，有把烟囱管道撞翻的。好在有干部在家留守、检查内务，否则我们就要赶回来救火了。这样的紧急集合和点验，在新兵训练中，有时候一夜会好几次，折腾得够呛。就这样，我们这些新兵在由老百姓向军人转变的进程中，大步迈进着。

三个月的训练下来，我们一个个变了样，军容整齐，步履矫健，动作潇洒，大家开始有了兵的样子。这天傍晚，我们盼望已久的红五星帽徽、红领章终于发到了我们每个人的手上。连队通知，大家戴上五星、缝好领章后，整队集合。晚饭后，大家立刻穿针引线埋头缝订起来。穿戴上帽徽、领章的军服，立刻让人焕然一新，精神倍增。"一颗红星头上戴，革命的红旗挂两边"，大家一个个笑容满面，互相端详着，甚至串起门来，你看着我，我看着你，青春洋溢的我们，人人心里乐开了花，那真叫一个美呀！从今天开始，我们正式成为一个兵了！

我记得，那晚，渤海湾的月亮是那么的圆那么的亮，连吹在我们脸上冰冷咸湿的海风似乎也变得和煦温柔起来了。

（五）

那天，我们全团新兵的任务，不是队列训练，也不是瞄准射击、练习投弹，而是挖沟开渠。这里是我们部队的农场，等到开春，就要引水灌溉，栽种水稻。虽然到处都是盐碱滩地，在海风强劲的吹拂下，地面变得十分平坦，像是巨大的天然排球场，黄土地上渗出一层白花花的盐渍，需要引来渠水，把盐渍压下去。

后来，我们得知，农场种植的水稻是单季稻，这里农作物生长期长，光照时间充足，收获的稻米颗粒饱满，烧熟后油光闪亮，香喷可口，特别受到喜欢吃米的南方兵欢迎。连队每到用农场米做饭时，炊事班的下米量要比平常多出一倍的量。有的南方兵，中午吃的肚大腹圆，还压满一大海碗，留到晚上享用。就因为饱饥不均、暴饮暴食，一些士兵后来得了胃病。当然，这是后话了。

开阔平坦的原野上，各连队按照划定的区域，领受任务，各自投入挖沟开渠。战士们扬锹不止，汗流浃背，一天下来，颇为辛苦。天近黄昏了，各连队往一起汇聚，向着最后的正方形沟渠开挖。劳累了一天，连续作业，大家的气力和干劲自然消减，挖掘的进度也变慢了，劳动现场气氛有些沉闷。这时，杨副团长开始来回穿行于各连队的现场，察看进度。（杨副团长是个13岁从军的老兵，听说他是战斗英雄，曾转战过陆空海三军，上过军事院校，中等身材，极其干练，说话斩钉截铁，军人仪表动作十分潇洒利落。枪法极准，打靶场上，他亲自校枪，无依托举枪，三枪命中29环。他是我的带兵人，我清楚地记得，当年父亲领我去招兵现场时，我还是个学生。他见到我，就说：你到了部队，要想着战友。你手里有一个苹果，要想着战友有没有；如果没有，那就要想着分一半给战友。）他敏锐地感受到士气的变化，不断地给大家鼓劲。一会儿工夫，整个现场的气氛活跃起来。杨副团长只身站在方块地的中间，操着一口河北口音的普通话，不断大声地鼓动着，气氛迅速热烈高涨起来。我们一个个把铁锹深深地扎下去，快快地挖起来，把锹上的湿土块用力向杨副团长站立的方向抛去。这时，杨副团长对大家高声呼喊起来："同志们，我命令：你们向我开炮！向我开炮！"一时间，整个劳动场地沸腾起来，上千生龙活虎的年轻士兵一齐把铁锹上的土块，奋力向着我们爱戴的杨副团长身上、脚下抛去，空中的泥土块冰雹似的高高抛起、纷纷落下，潮湿的黄土在杨副团长脚下和四周迅速堆积，杨副团长站立在战士们四面八方抛来的泥土上，不断地调整着脚步，他脚下的位置在不断升高。很快，纵横交错的灌溉渠圆满完成了。

回营房的路上，晚霞映红了天际。战士们还沉浸在你追我赶的热烈劳动场面中，整齐行进的队列中，不知哪个连队率先唱起歌来，喊起"一二三四"的口令，立刻，另一个连队的口号声更高亢更整齐有力地响起，巨大的声浪排山倒海地压了过来，此呼彼应，一浪高过一浪，真是千人唱、万人和。战士们的口号如滚滚春雷，久久回荡在祖国北疆海岸的上空。

工地抢险

下到老连队的第三天，我们分到卫生队的六七个新兵穿着崭新洁白的白大褂正在接受培训。一阵急促的哨音伴随着跑动的呼喊声从后排山坡的房屋传来，"工地塌方了，组织抢救！快集合！"立刻，各房间的医护人员奔了出来，迅速确定人员，大家带上急救器材、急救包，钻进救护车，救护车立刻呼啸而去。

看到这场景，我们问：需要我们做些什么？没人答理。确实，这时候，我们这些刚来的新兵，缺乏救死扶伤的能力，能做什么呢？总该做点什么吧，我跑了出去。我跑到山坡转弯处，正赶上一辆卡车开过来，我立即招手示意停车，这一带的所有车辆反正都是我们的军车；我要驾驶员送我到北口工地，驾驶员看着我这身白大褂，二话没说，立刻转动方向盘，把我送往工地。

　　这是我第一次到工地，不用打听，跟着闻讯往前奔跑的军人后面就到了，只见深深的山洼下面，露出一处黑森森的巨大洞口，洞口外竖立着吊车、升降机、搅拌机什么的，到处堆积着钢筋、钢支架、水泥黄沙和石块，长长的双道铁轨上排列着翻斗车，铁轨延伸进入洞口深处，沿着洞口外的山坡石壁，搭着铁条和木板铺垫的人员上下进出的梯子和栈道。这时候工地外面，有穿军装的，有穿黄帆布旧军服的，更多的是头戴安全帽、身穿用线订成条纹状的灰色棉工作服、脚蹬橡胶筒靴、全身工装的人员，所有的人都在往洞口拥集，即使这样，看到我这身白大褂，大家还是纷纷为我让路。到了下面的洞口外，人群攒动，气氛紧张，只见一个干部模样的军人，一边用力地把靠近他的士兵往后推，一边大声喝令着："大家往后退，不要往前挤，快让出通道！往后退！"这时，一片嘈杂的呼喊从洞里往外传出，伴随着一群簇拥跑动的人群奔了出来，伤员救出来了！所有的人都让出通道，一边七手八脚地帮助把伤员往上递送。第一次抢险，我就遭遇了伤亡事故，我那崭新的白大褂染上了烈士殷红的鲜血。多年后，翻阅我的旧日记，那时写道：今天，烈士的鲜血染红了我的衣襟，它能永远地照亮我的心吗？（年轻时代的我，是很革命、积极向上的。）伤员抬上救护车，救护车立刻开动，我们回到卫生队，立刻检看受伤部位，这位战士伤在头部，崩塌的碎石把他砸得头破血流，需要把头发剪去，才好观察和治疗伤口，这时候的我，总算派上了用场，我用在新兵连才学会的理发技术，小心地推剪着伤员的头发，伤员的头发里满是紫黑凝固的血液和密布发根的细碎石屑，幸运的是，送来的这位伤员没有大碍，治疗了几天，他就活蹦乱跳地下地了。这以后，类似的事故还是猝不及防，死伤的事，总是难免的。

我曾经在团部球队集训，和团部技术股的赵参谋同住一屋，这位大连理工大学毕业的老大学生，专门从事爆破，他告诉我，这座山体的岩石结构并不理想，不够坚固，所以塌方事故频发。我也曾私下问过在我处住院的某营长：塌方时，你怕不怕？这位长期带领战士在工地施工的营长回答道：哪有不怕的？塌方起来，山崩地裂，惊心动魄，哪有不怕的？只有防患于未然，小心再小心。

又一次，基层连队送来一名战士，跟随紧急出诊的孙医生介绍说，他去时，这名战士已经瞳孔扩散、呼吸停止了。但到了队里，抢救照样立即展开。迅速接上输氧瓶、输液管，注入肾上腺素，开始人工按压抢救。全队的人都集聚过来。一会儿工夫，团长、政委也闻讯赶来了，他们焦急地坐镇等候。我们全队的医护人员一个接着一个，双膝跪在诊断床上对病人实施心脏部位按压，几个小时过去了，没有丝毫心脏回跳的迹象，大家一个个累得不行，这时候，连队部文书小施也上去一上一下地参与按压。守候一旁的团长还是不容分说焦急地命令着：不能放弃！继续抢救！没办法，只有实施开胸直接心脏按摩。胸腔打开了，医生戴着无菌皮手套的手伸进胸腔，直接进行挤压，还是无效，只有沮丧地放弃，抢救失败了。那段时间，队里气氛显得消沉。几天后，晚上集合看电影，列队后大家都走了，我安排好了值班，正准备动身，只听到从后两排山上的房屋传来一连串喊声："班长班长班长——"（入伍一年后，我已当了班长），伴随着连续不断的喊叫和急促的跑步声，我班刚来的新兵湖南小战士小刘，从山坡石阶上冲了下来，我驻足等着他，到了跟

云水集

前，我问：什么事？他拍拍胸脯，气喘吁吁地拉着我胳膊说：没事，没事了。咱们走。哦，我明白了，这个年轻的小战士，生平头一次遇到死亡的事，他一个人在山上行走感到害怕，所以才这么连声喊个不停，是在为自己壮胆呢。这些年轻有的还十分稚气的军人，就是在这样伤痛甚至死亡的环境下，逐步成长起来的。

当兵几年，这样救死扶伤、处理各种紧急意外事故的事时有发生。记得仅在1976年，我就参与处理了9位死难的战友和民工（我们部队有一批民工常年和部队一起进行军事施工，我们不应忘记、埋没了他们），前后平均每5天死难一人。那时正是夏季，我下山到县城的工厂里到处寻找大冰块（那时县殡仪馆条件十分简陋，还没有冷藏设施），以冷冻尸体。记得一次，我去殡仪馆送冰块时，我没有看到战友的遗体，我退步往后寻找着，一个趔趄跌在旁边一个凹陷的担架上，原来这位战友的尸体被灰布蒙盖着摆放在这里，他身子已经萎缩变小。离开时，只身一人的我，回头看去，空旷的停尸间墙上，孤伶伶地垂挂着一套崭新的水兵服和水兵帽，是那么抢眼！那时正赶上1975年换装，我们由灰色的海军服改装恢复为水兵服，我这年轻的战友，没来及赶上穿这身漂亮的水兵服，哪怕是穿一次也好啊！

军中读书记

毛泽东曾说过：解放军是个大学校。我人生的第一所大学，是在军队度过的。七十年代初，我应征入伍。离家前，我在书架前左挑右拣，最终精心选定了一堆心爱的书，打了包准备随身带走。父亲下班回来，检查我的行装，见我携带如此多且重的书籍，他勃然大怒，把我的这些书狠狠地扔在地下，严厉斥责我当兵吃苦的思想准备非常不足。在父与子从未爆发过的激烈争吵中，我开始意识到未来军旅生活的严酷与莫测。从此投笔从戎，告别了我的学生时代。

一列长长的闷罐兵车，在寒风呼啸的冬夜把我们扔到荒无人烟的渤海湾，披星戴月、摸爬滚打的军营生活开始了。在我立志"宁为百夫长，胜做一书生"，铁心做一名职业军人时，没想到，我并没有完全离开书本，首先是每个军人都领发到一块红砖似的全一册《毛泽东选集》袖珍本。在那个年代，什么都会走样，"毛主席的书我最爱读，千遍万遍下工夫"，尽管当时我们这批城市学生兵，在新兵军营里文化程度最高，可是比起那些农民出身，甚至大字不识几个，从小放牛养猪的娃，就显得我们阶级感情不够深厚，不够苦大仇深，学毛选也就不如别人理解透彻了。于是，有人白天出操练兵，晚上熄灯后还在被窝里打着手电夜读"红宝书"，砖头般厚的毛选四卷，一星期竟能读上个几回，心得笔记写的密密麻麻，天知道他读懂了什么，可换来的是领导的表扬赞许。对这样的人，木讷的我是既不屑也望尘莫及。

下到老连队后，军营生活相对稳定，没想到我的周围竟然有一批大学生军人，虽然他们都是名牌大学毕业分到部队，但那时他们大多心灰意冷，不愿意再摸书本，有的人把空闲精力转移到装收音机，雕刻打磨有机玻璃制作台灯，挖烟斗什么的。可他们毕竟是文化人，对我们读闲书，也不加干涉。一次，我躲在宿舍里看从驻地老乡家里借来的《红楼梦》，被找我打球的干部发现了，他翻看了一下书名，也不过是揪着我的耳朵说："看什么吊膀子书啊！走，打球去！"我在仓库仅有一二米的角落里，用木板和汽油桶搭了个简易书桌，又悄悄地开始了我的读书生活。我是兴之所至，碰到什么读什么，没有计划性。和我一起滚稻草的战友小施也酷爱学习，他提议我俩分头研究美国和苏联两霸（偏重于军事方面），各学一门外语，每周我俩交流心得，互相讲授一次。可惜当时条件根本不具备，我们无法从容向学。不久他也去了外地，这个动议我们没能实施，否则，今天的我们都可能是另一番人生境遇了。

在那"极左"的年代，书籍十分匮乏，很多书在军营内几乎绝迹。碰到好书，我就干脆一字字地抄起来，如那时看到古兵书《三十六计》，就形成了我的手抄本。战友老李在帮助地方工作时，发现附近荣军疗养院图书室有一批封存的"封资修"禁书准备销毁，于是他做了些挑选，然后来个"掉包计"，买来一些时政书籍"滥竽充数"。在一个月黑风高的夜晚，他悄悄地约我，叫上司机，用一个大藤条箱装了满满一箱书，我们神不知鬼不觉地把这批书从山下地方运到山上军营，偷偷地藏在我所保管的小仓库里，这就大大丰富了我的读书生活。

说好是天知地知，你知我知，可两人间的天机竟然也会泄漏。一天，军务股的一位参谋径直找到我，说要借书看。惊诧之余，我当然不能和盘托出，而是勉强从中挑了几本如高尔基的《我的大学》之类给他。这位参谋很不高兴，竟然回到司令部就向政治部林主任告了我一状。随后在一次全团军事教员会（那时部队正组织批林批孔，就辽沈战役打锦州时毛泽东给林彪的77封电报展开批林，我被选作后勤部的军事理论教员）上，林主任突然离题说道："据反映，某部的小李看了很多"封资修"的书，不知他从哪里弄来的，要注意啊！"我坐在下面一听如此点名道姓批评，心想这回糟了！没料到，这位开明大度的政治部主任话锋一转说："话又说回来，要是你们也像小李那样能在军报发个文章，写个作品什么的，那你就看吧。"就这样，我有惊无险的渡过了这一关。在我将要复原离开部队时，老李从我保存的藤条箱里选取了一套朱生豪译的《莎士比亚全集》（12卷本）送给我作纪念，至今我还珍藏着。

时光荏苒，岁月如歌，这批书在军营中伴随我度过了那段难忘的青春岁月，读书，化入了我平凡而多彩的人生生活。

敌　情

1969年，正是"无产阶级文化大革命"进行得如火如荼的年代，也是毛泽东时代英雄辈出的时候。部队创建"四好连队""五好战士"的活动开展得轰轰烈烈。我们的部队这时转移到一个新的"军事工地"，这一地带解放前曾经是国民党的模范县，而周边则是抗日战争后国共两党你争我夺拉锯战的"无人区"。社情通报说，这一带阶级斗争情况复杂，必须高度警惕。我们部队刚进驻时，确实曾夜间出现放信号弹的情况。台湾的老蒋有时也会派出飞机或放气球，往我们驻地撒撒宣传单。

在那"千万不要忘记阶级斗争！""阶级斗争要年年讲，月月讲，日日讲"的年头，部队的敌情教育自然抓得很紧，大家阶级斗争的那根弦绷得紧紧的，有什么风吹草动，都会引起警觉。这不，说是有鬼，就偏遇上了鬼。

一天夜间，一个独自在山上站岗的哨兵遭人偷袭，哨兵的头被坏人打破了。这个哨兵报告说，由于他的奋力反抗，坏人抢枪未成，仓惶逃走了。如此严重的敌情新动向，立即引起部队首长的高度重视，部队迅速通报地方公安，调集精兵强将，联合成立专案组破案。经过一番周密细致的调查取证，实地勘察、细细询问，反复分析后，公安部门突然提出要打道回府，不明不白地说要结案了。部队首长好生纳闷，生气地质问，这是怎么回事？带队的公安莫测高深地笑笑说："案子已破了，敌人是谁？你问哨兵自己吧。"原来，这位哨兵争取入党当英雄心切，却苦于一时无法做出突出的立功事迹，于是灵机一动，想出绝招，在夜间站岗时狠狠心用石头敲破了自己的脑袋。案子真相大白了，这个自作聪明，以为神不知鬼不觉的小伙子，立功未成却灰溜溜地卷起铺盖复员回家了。

倒 水

团长来教导队作报告，学员们整齐地列坐着。两个区队长一人抱一个热水瓶，站在最后排两侧，你盯着我，我瞅着你，密切地观察对方"敌情"，当然还要随时观察团长的动静。只要团长一端起杯子喝水，总是有一位区队长立即冲上去添茶续水，另一位只得暗自埋怨自己"队列动作迟缓"，等待捕捉下一次"战机"。一位调皮的战士见此紧张态势就举手示意。区队长走过去严肃地小声问："什么事？"战士悄声回答："报告区队长，你们这样倒水，会把团长烫死的。"区队长的脸唰地一下红了，他尴尬地斥责道："你乱说啥呀。"

梦回山庄

　　当一个人总爱回忆往事时，他就变老了。最近在我的脑海里浮现一些往日生活的片段，像一片片出土的青花瓷闪烁着活泛的光彩。

　　这一生，走千走万，竟然至今还会想起年轻时在部队野营住宿的老乡家。那年，毛主席老人家的一句最高指示："野营训练好"，让全国海陆空三军都动作起来。我们部队（海军）的野营拉练，在一个滴水成冰的冬夜凌晨一点开始了。第一天的行程就走了一百一十多里路，由于缺乏战时经验，我们没有遵循"兵马未动，粮草先行"的兵之古训，各炊事班和我们一样同步行进，而且更加负重劳累，一天辛苦下来，还不能休息，要立即野外埋灶做饭，出发时每人发的一小盒饼干，早就不知消化在肚子哪块角落了。那种冻饿饥渴实在难耐，一向清高傲气的战友小苏，这个福州军区某首长的公子哥，悄声对我说："你知道我现在在想什么？看到那头驴在吃草，我只想过去跟它抢着吃。"我没有长途行军的经验，出发时鞋带系的紧了，脚面和下肢因连续行走充血肿得老高，且满脚血泡，当时真担心这双脚就此废了（在行军中我体会到：到达宿营地，有热水泡脚比吃饭更重要）。

十多天下来，天天风餐露宿，我们用双脚一步一步地丈量着齐鲁大地的山川河流。这天傍晚，我们部队驻进了淄博附近的一个山庄，老区的乡亲们有着拥军拥政的优良传统，他们都把自己家里最好的房屋腾出来让我们住，一对新婚夫妇还让出了他们的新房。我和几个战友分配到一个老乡家里，老乡把家里唯一的棕绷床让给我们睡，还捧出红枣、花生招待我们。连续多日住宿在牛棚马厩，晚上乍来到多日没见到的电灯光下，显得格外明亮温暖。我们和老乡全家围聚在一起唠家常，亲如一家；顽皮的小弟弟喜欢缠着我，要我教他写字做游戏，房东老夫妇对我特别好，细致地问起我的年龄、家庭等。夜晚我倒头睡去，不知何时突然被村里的一阵呼喊声惊醒，侧耳一听，高音喇叭传来的声音十分严厉："部队的同志快起来了，还有一个人没来，快点！"（事后猜想，那浓重的山东方言说的可能是"五队的同志……"在催促社员去修大寨田。）我一骨碌爬起来，冲到外面，天黑得伸手不见五指，也没有听到起床号声，战友们一个个还在酣睡。此时的我却睡意全无，便找到扫把轻轻地打扫起场院来，场院扫完了，还是不见天亮。我又回到屋里，悄悄取出水桶、扁担，出去挑水，没想到那村头的老井有好几十米深，转动圆圆的辘轳，一圈圈松开长绳把水桶吊下去，可水桶根本不听使唤，浮在水面总是沉不下去。这时房东家的姑娘赶来了，那位相貌如《柳堡的故事》叫英莲的姑娘，笑着教我怎么打水，怎么用辘轳，一趟又一趟，她坚持要和我一起把水抬回家去，等到水缸装满，天才蒙蒙亮。回到屋里，看到战友们还在呼呼大睡呢。白天我们帮助老乡抬土翻地修大寨田，我这纤弱的肩膀竟然挑断了扁担。

人生漫漫，很多往事会过滤掉，可我为什么难忘那段日子呢？兴许是没有忘记人民的养育之恩，因为我曾经是一名工农子弟兵，军民鱼水情，是多么的宝贵。陈老总说：淮海战役的胜利是山东老乡用小独轮车推出来的。我们不能忘啊！

《安徽电大报》
2010.12.10

销毁诗词

一九七六年四月，我所在部队的高音喇叭一遍遍地播送着镇压"四·五天安门事件"的广播，政治氛围骤然紧张起来。几天后的一个晚上，部队集合传达了上级的紧急通知：立即开展追查和收缴悼念周总理诗词并追查这些"反动诗词"来源的活动。

第二天上午，我和战友小施找机会碰了头，我俩商量如何处理我们手上的悼念周总理的诗词。这些诗词，来自山下营地的一位战友，他前不久探亲时回到家乡的城市，激动地誊抄了许多社会上流传的悼念总理的诗词，他一回到部队，就专程上山把这些诗词传给了我们。"欲悲闻鬼叫，我哭豺狼笑。洒泪祭雄杰，扬眉剑出鞘。""黄浦江上有座桥，江桥腐朽已动摇。江桥摇，眼看要垮掉，请指示，是拆还是烧？"等等，我和战友小施看得热血沸腾，义愤填膺，我们立即动手誊抄。

没过多久，风云突变，"四·五"天安门运动爆发了，群众悼念周总理的活动遭到了无情的镇压，定性为"反革命事件"，全国四处追查和收缴广场悼念周总理的诗词。我那时写了一首纪念周总理的长篇叙事诗，已经寄往海军报社了。当时个人的想法是，如果这首长诗能够发表，我就继续留在部队服役；如不能发表，我就脱下军装，复员回家。现在想来，还是幼稚，时局如此动荡，《海军报》怎么可能刊登我这样内容的长诗呢，再说，也不可能拿出那么多的版面刊载。诗已经寄出，命运如何，也就听之任之了。

问题是眼下我们手头抄写的这些诗词该如何处理？从情感上说，我们舍不得销毁这些诗词，对这些诗词的所谓"反动性"更是无法认同。困扰我们的是山上山下通讯不便，和山下的战友一时无法取得联系，万一这位战友主动交出诗词，并报告已经传给我们，那就麻烦了。由山上我们这边上交诗词，我们绝对做不到，更不会出卖战友。战友小施开玩笑地说："怎么？还要上交啊？我们不会用战友的血来染头上的红顶子。"我俩商定，立即烧毁手头的传抄诗词。

部队是集体生活，几乎没有什么个人私密空间。我们决定在小施的化验室里烧毁。我才弯腰把火点着，怎么也没有想到，虚掩的木门就被"砰"地一声踹开，一双大皮靴"哐哐"地踏了进来，一声严厉的喝问："你们在烧什么？老实交代。"我们不由心头一惊，见来人是隔壁负责放射的杨医生，小施立刻迎上前去，用身体挡住老杨往前探究的步子和视线，巧妙地掩饰说："向荣失恋了，他在烧女朋友的来信。"我这时无暇答理他们，只是侧着身子防备着老杨闯过来夺看纸片，我身子护着火盆，沉着地翻烧着诗词，跳跃的火苗迅速吞噬了那些纸片，我们虚惊了一场。

事后想来，老杨平时就爱半真半假地开玩笑，根据他的为人和政治态度，这个1957年入伍的老兵，即使他真的看到我们的手抄诗词，相信他也不会去检举揭发。记得我们在队部政治学习时，指导员慷慨激昂地读着两报一刊社论什么的，老杨听不下去，他顽皮地从地上捡个小石子，悄悄地砸到指导员头上，读得正起劲的指导员一下涨红了脸生气地说:"谁砸的？政治学习的时候，大家严肃点。"惹得大家哄堂大笑。我们队里这帮医生的军龄、资历都超过指导员，职务职级与指导员都是平级，指导员真拿他们没办法。

今天早晨，我在战友微信群里，听说了老杨医生不知何时在山东去世的消息。离开部队，音讯隔断几十年了，如今物是人非，老战友的音容笑貌，宛现目前，在此记下昔日军营里的一段往事，撷取那个特殊时期的一片花絮，权作纪念。

报道之外的故事

说起来，那是很多年前的往事了。那时部队指派我随同北航（北海舰队航空兵部）来的两位新闻干事，一起去采访和撰写一篇通讯报道，采访对象是我的直接领导——刘副队长，她是我们部队政委的爱人。采访的成果，以长篇通讯的形式发表在1976年的《人民海军报》上，标题为《女排头兵》，署名是北航通讯组，可惜我没有保存这篇文章。

采访刘副队长救死扶伤的具体先进事迹，现在我已经完全记不清了。但奇怪的是，在采访中，刘副队长向我们叙述的她不为人知的家庭与身世，她的成长历程，我却记忆犹新。她向我们谈到，上世纪30年代，她的母亲是天津市的一名小学教员，她的父亲染上了赌博抽烟的恶习，有一天，她的父亲不知为什么突然失踪了，抛下她母亲和年幼的一子一女，从此杳无音信。后来，她母亲加入了中共地下党，从事抗日敌后地下活动。因为地下工作的重要和危险，也为了工作便利，母亲把她和她的哥哥送到了延安，那时，刘副队长才 11 岁。她以平缓的语气说，也就是说，从那时起，我就参加了革命。从小在部队长大的她，谈起她的成长经历，深情地朗诵起当年咏唱的歌词："你是灯塔，照耀着黎明前的海洋；你是舵手，指引着前进的方向。年轻的中国共产党，你就是核心，你就是方向。我们永远跟着你走，人类一定解放！"我当时听到这首老歌，觉得没有听过，很是新鲜。更不知道，在那个时期，这首革命歌曲竟然还是一首禁歌。（这首红歌，曾经在抗日战争、解放战争时期唱遍大江南北，建国初中苏友好时期，却由于误听一位苏联专家的话，说是与苏联一首悼歌雷同而被突然禁唱。直到改革开放以后，拨乱反正，才披露和纠正这个荒唐的决定。）解放后她的母亲在上海担任中国电影协会副秘书长，她的哥哥担任长春电影制片厂党委书记，她则一直在部队生活成长。

我从其他渠道还得知，年轻时，刘副队长的最初恋人并不是我们现在的政委，而是另一位战友。那位战友，在抗美援朝战争时上了前线，不久就断了音信，所得到的消息是他在朝鲜战场上身负重伤光荣牺牲了。这样，部队出于关心，由组织出面，介绍了我们现在的政委（当时政委只是一名组织干事），并结为夫妻。抗美援朝战争结束后，那位传闻说是牺牲了的恋人战友，竟然奇迹般地活着归来，而且晋升为师级干部了。这其中的人生遭遇，委婉曲折，该往何处向谁言说呢？当然，这样的事情，在我们当时的通讯报道中是不可能提及的。

采访中，我们到了驻地附近的人民公社，去实地了解刘副队长为当地老百姓治病救人的具体事迹。我们来到一个赤脚医生家里，这是一个极普通的农家小院。进入他家后，迎面的土炕上，看到盘腿端坐着一个中年妇女，穿着黑夹袄，带着山东老太太常带的黑棉头套，梳着粑粑头，一副典型的农村老太打扮。我们坐下来，开始交谈。再仔细端详，我被这位妇女端庄美丽的容貌和高雅得体的谈吐给震慑了，我至今还认为，她是我很少见过的美丽佳人。她的风韵气质明显与众不同，言谈举止优雅大方。直觉告诉我，这个女人非同一般，她显然不属于这个偏僻的山村环境和这个地道的农户家庭，我猜测可能是那时社会的政治气候，使她不得不栖身在这里。我们一边采访着赤脚医生，一边观察着四周，我抬头向土炕上方看去，这间土屋与众不同的是，土炕上方的四面墙壁被白纸黑字贴满了，纸上书写着这家主人的身世与事迹。我匆匆浏览一遍，只记得这是以政府褒扬的语气撰写的一位为国捐躯的军长的事迹，可惜当时我连这位烈士的姓名和事迹没能记住。我猜想，之所以满墙壁贴写这位烈士的事迹，是因为那时是文革非常时期，这样做，相当于"护身符"，完全是为了起保护作用，否则怎么会在家里满墙壁张贴呢？那位美丽的女性，可能是这位抗日将士的遗孀或是子女。而那位烈士，估计是由一名国军将领而后转为我军高级将领的。

因为采访目的完全不同，偶然遇到这样的农家，当时作为军人，我们不便深问，采访完成后，我们随即就离开了这户人家。我感觉，这里还隐含有一段哀婉曲折的传奇故事没有被发掘呢。

两位军嫂

八一建军节的今天，在战友微信群里，我看到一位军嫂写的诗《探亲有感》，回忆与状写了她当年探亲路途的艰苦和细腻丰富的心境，其他军嫂也有相同的感慨与留言，这使我想起了在部队时我接触的两位军嫂。

　　一位是湖南籍的排长，大约是 1965 年入伍的老兵。他在部队不幸遭遇事故，颈椎以下全部瘫痪（治疗外伤性瘫痪，全世界医学界至今未能攻克），只有转业了。我无从知晓他转到地方后的境遇与生活如何，只是每隔一二年，就见到这位重度瘫痪的排长，由他那位艰辛备尝的妻子艰难护送着，找回到部队住进我所在的疗养所。其实他们是又一种形式的上访，请求部队关心和帮助他们解决生活上的一些问题。再次见到这位小个头的军嫂，我看到她身背大竹篓，手提包裹，竹篓里摇晃着一个熟睡的婴孩。我难以想像，这么一个弱女子，是怎样从遥远的湖南老家，辗转千里，舟车劳顿，上下火车，转乘汽车，上山下山（我们部队营地位于深山），她怎么有能耐，带着如此严重瘫痪的男人和襁褓中的婴儿，路途经过多少艰辛曲折，满怀无言的委屈与希望，找到我们在山东的老部队。真不知道，他们这一路上是怎么走过来的？这么些年，这位军嫂是怎么照顾和陪伴那位排长的。印象中，这位军嫂寡言少欢，整天像陀螺似地照顾着她丈夫。每次在我们那里住下休息一二个月后，他们又踏上漫漫的返乡之路。我在想，这日后裁军，我们这支老部队已经整建制地撤销了，他们遇到困难又去找谁呢？

　　另一位是我部某营的副教导员，他在参加部队施工时，从坑道里出来，和战士一起沿着铁轨，推着沉重的翻斗车，到洞外倾倒渣石，由于石头太重，翻斗车推倾时，没有立即翻倒过去，重量与惯性把翻斗车又荡摆回来，一下把这位教导员的腰部拦腰压断，造成他腰以下肢体瘫痪。这位副教导员，也住到了疗养所。我们在房间里给他搭起如同单双杠似的木架，说句大不敬重的话，这位老兵每天就像大猩猩似的，靠双臂在木架上来回活动，以顽强的毅力坚持锻炼。他的夫人带着正在上小学的一双儿女，闻讯从青岛赶来看望。

其中的无奈与悲伤难以言说。尽管她背地里常常暗自落泪，但我从来就没有看到这位坚强的军嫂与她丈夫泪眼相向。直到我离开部队时，瘫痪的教导员还住在我们病房里，他们的坚强与乐观，面对厄运、积极生活的态度，让我难以忘怀。

有首传唱不已的军旅之歌《十五的月亮》歌词道：军功章里有你的一半，也有我的一半。毛泽东也有句家喻户晓的名言：女子能顶半边天。而我遇到的这两位军嫂，荣耀的军功章却与她们无缘，她们要面对、要承受的是无尽的痛苦与磨难，在她们的家庭里，她们要顶扛的又何止是半边天呢？多少年过去了，不知道他们是否安好？不知道他们是如何度过，准确地说是熬过这未来人生的艰难岁月？

可敬的军嫂，兄弟在此向你们致敬了。

沧 浪 之 水

迈过这道坎

　　人生苦短，不知不觉已在世上过了四十年。别看大家平日都稀里糊涂地"混日子"，可一到了这时候，你我的脑袋儿就会冒出那么一闪念："四十岁了！"沉甸甸的感觉还真难掂出个份量。为此，我的一位在"衙门"工作的学友还出了本散文集，书名：《过了这道坎》。是啊！无论对"爷们"还是"娘们"，四十岁的年龄，都犹如一道坎，有的人磕磕绊绊走了过去，有的人稀里马哈跨了过去，有的人志得意满颠了过去，有的人粗心大意竟未迈过去。

　　读过几天书的人，对孔老夫子"三十而立，四十而不惑"的古训总是耿耿于怀，实在是自讨没趣。生活的万花筒千变万幻，人生的困惑和苦恼本来就够多的了，眼下何苦跟自己过不去。这一代人尽管在十几岁毛头时，就吵嚷着"立字当头，破在其中"，闯荡了十几年，却还是而立未立。那时的他们，正随着共和国航船的拨乱反正在颠簸奋争，"立"字实在是可望而不可及。一晃又十年，这几千万曾经上山下乡、扛枪吃粮的年轻人，社会对他们指手划脚、评头论足：什么"垮掉的一代"，"困惑的一代"，"怀疑的一代"，"思索的一代"，褒之贬之，仿佛这代人永远长不大，永远不成熟，永远不成器。而这些人仿佛永远年轻，永不满足，永不安分，有着不尽的追求。以往失去的太多，得抓紧补回来。于是乎，有的人拼命地学啊钻啊，有的人玩命地跳舞啊炒股啊，有的人从上山下乡到"下海""留洋"……人人在往前赶，个个忙得手脚朝天，那股不安与躁动，真让人感到"世界是你们的，中国的前途是你们的"，仿佛这些人永远是时代的弄潮儿。

　　贸不然，你我也会接到一个电话，告之："XX走了！""什么？走了？"尽管愕然，脑瓜一激灵还是在迅速做出反应，又一位如牛负重、身心交瘁的同窗校友栽倒在人生马拉松的跑道上。于是乎，各奔前程，忙忙碌碌的"黑发"众生们，难得地相会在人生的告别仪式上，那股悲凉凄怆无奈和不甘，通过紧紧地执手相握和抚寡恤孤后心灵瞬间的净化而传递，尔后又接过这位斗士的接力棒执着地跑下去。

　　当自然规律正把这代人变为各行各业的中坚和骨干时，常从他们心底发出的呼叹是："太累了！"而很少说个"难"字，仿佛生活中没有什么东西真正难倒过他们。这些在二十多年前一谈及理想就浑身发烫的热血青年，今朝相逢聚首，其话题深处已转向探讨人生，切磋未来。既然酸甜苦辣已经尝过，既然炎凉世态开始看破，既然不再轻信不再盲从，既然人生的包袱生不带来死不带去，他们当然就更懂得该怎样去把握未来的几十年，来它个"潇洒走一回"。对于未来，他们没有太多的奢望和乞求，惟愿活得充实，活得坦然，活得健康，活得滋润，活得自在，只求无愧无悔，无怨无恨。

刊载于《新安晚报》
1994.8.17

夜半鼾声

在机关工作，出差是常有的事。我不计较什么"食有鱼，出有车"，一切只是顺其自然，随遇而安。

这次可好，有幸和司机小胖同住一个标准间，洁净的被褥、柔软的席梦思、半汤的温泉水，地毯、空调、彩电，一应俱全，让人感觉舒适、惬意。

一路奔波，一天会议，一晚的客往人来，寒暄、客套、谈工作、侃大山，直到电视屏幕亮出"再见"二字，疲惫的我在温泉水中美美地泡上一阵，倒头进入了梦乡。

谁知世事难料，该来的事终归要来。

一声声、一阵阵，时而高亢，时而低回，打着响、吹着哨的夜半鼾声，把我从睡梦中吵醒。辗转反侧也罢，埋首被窝也罢，咳嗽亮灯也罢，敲桌拍床也罢，一切均无济于事，鼾声依旧。

得，今晚就甭睡了！昏沉而又清醒的我，此时神思飞越起来：想儿时的伙伴，少年的恩师，离去的恋人，远方的亲友……想生活的得失烦恼，个人的荣辱毁誉，身边的是非恩怨……思前想后，胡思乱想，想了又想，直到不愿再想。然而，鼾声依旧，还是那么甜美，那么悠长，那么自在，那么欢畅，这真叫我哭笑不得，又羡慕不已。在这夜的奏鸣曲中，我问自己，什么时候开始变得这么娇贵，这么脆弱呢？

儿时的我，曾寄身穷乡僻壤，在那"狂风卷我三重茅"的风雨之夜，小兄弟俩在惊恐之中不照样惶然入睡吗？

少年的我，下放淮北，三九寒天，尽管雪掩门窗，冻得半夜腿肚抽筋，不照样抖去被头的雪花，蜷缩在冰冷潮湿的土炕上，带着憧憬，伴着无奈，安然入睡吗？

青年的我，在千里野营，万马军中，也常枕戈待旦。什么马厩牛棚，马叫人嘶，枪刺叮当，哨声嘈杂，我们横七竖八地挤在稻草或高粱秸杆的地铺上，不照样呼呼大睡吗？在那此伏彼起的"交响乐"中，我这支"号角"不也曾悠扬嘹亮吗？

高考应试前，为磨砺身心，一床芦席铺地，两块红砖作枕，不照样度过了高考前的日日夜夜？挤进大学后，十人一间斗屋，八杆烟枪齐吹；热时节，偷偷光腚而卧；冷时节，拥被胡吹海谈；闲来时，煮酒纵论天下事；忙时节，清灯熬尽寒窗苦。日复一日，我不照样在一片鼾歌声中，夜夜酣然入睡吗？那时的我，充满活力，生气勃勃，自强自信，是从什么时候我变得这么神经脆弱，不堪一声呢？

如今不眠的我，在今后的人生中，能像今夜这样常常保持头脑清醒吗？来日的我，能否日日坦荡，夜夜安然，不为鼾声所扰呢？

斗转星移，然鼾声依旧。

1994.12.28 刊于《新安晚报》

半夜紧急敲门声

夜深人静、酣睡之时，突然被一阵紧急的敲门声惊醒，这种滋味，想必谁也不会好受，谁也不愿遇到。在我平淡的人生中，不期然的遇到过几回半夜敲门声。

文革初期，我所居住的市委机关大院成了"走资派"的

"黑窝", 造反派来抄家揪人的队伍,在大院如潮涌潮落,一批批地来、一拨拨地走。我见惯了东家邻居戴高帽游街,西家邻居被抄家批斗。颇为心惊的却是半夜时分,突然间大院里喊声四起,房前屋后火把映天,敲门声、打砸声不绝于耳,要抓什么"走资派"与漏网潜逃的"坏人"。在那动荡不安的岁月,少年的我是多么怕听那半夜突起的敲门声,多么期盼我们的国家太平安定。

青年时代,我入伍从军,每晚九时半,悠扬的熄灯号在军营上空准时响起,号声就是命令,我们这些精力充沛的小伙子,立即迅速洗漱完毕,拉灯上床,生龙活虎的军营顿时一片黑暗寂静,室内随即鼾声四起。让人难受的是,数九寒冬,熟睡的你会被人从热被窝里唤起,该"站岗放哨了";下工地的战友,半夜套上冰冷潮湿硬邦邦的工作服和水靴,像穿上铁甲般难受。我当兵时,有一半时间要在值班室睡觉,最不堪的就是那半夜紧急敲门声,这多半是部队工地发生危险事故需要抢救伤员,或是地方送来急症病人。那几年,锻炼了我冷静沉着、迅速应对处理突发事件的能力。

大学毕业后分到机关工作,欣逢太平盛世,当家家祥和、夜夜安枕时,又有多少人觉得这就是"福在其中"呢?一天深夜约两点,熟睡中的我们全家被一阵剧烈的敲门声惊醒,深更半夜会是谁呢?出什么事了?我迅速披衣下床,大声问道:"谁?"门外高声应答"我!开门!",再问:"你是谁?什么事?"回以更为愤怒的高声伴随着铁门猛烈的摇撼声:"我!快开门。"妻子死死抓住我的手,不让开门(那段时间大院里连续发生几起恶性安全问题),可面对不依不饶的敲门声,是回避不了的。敲门声最终激怒了我,自省两袖清风,平生未做昧心之事,无愧于人,我决心见识一下这深夜不速之客。我用力一把推开妻子,迅速拉开房门,门外人应声跌入,定睛一看,竟是隔壁单元的邻居在外醉酒、跑错了楼道，乱敲乱叫。一场虚惊过后，我思量，这真应了那句老话；"为人不做亏心事，不怕半夜鬼敲门"。半夜敲门声，不会常有，也很少遇到，但做人处世，要的是光明磊落、心底坦荡，无愧者无畏。

教师泪

俗话说："男儿有泪不轻弹，只是未到伤心处"，其实，男人、女人都是一样。行武出身的我，虽不敢说是铮铮铁汉，但也自诩为七尺男儿，作为一个男人，我自然见不得眼泪。然而，无情未必真豪杰，泪水的力量也能震撼心灵，发人深省，映照人生。转眼间，在教育界已度过了几十载，这里就说说在记忆中挥之不去的几回教师泪。

1966年秋，"文化大革命"运动如火如荼，一向驯服似绵羊的我们这批小学生，也禁不住煽风点火，也起来闹革命，要造反了。革命的对象首当其冲当然是老师和校长。同学们小小年纪，个个政治敏感性急剧膨胀，革命坚决，人人都突然绷紧阶级斗争这根弦，小小脑袋像起动的雷达在拼命地四处搜索，寻觅发掘敌情。一双双稚嫩的手，歪七扭八地写大字报，刷标语，把老师戴上高帽，胸口挂起牌子，把红色或黑色的墨水泼向往日师道尊严的老师，进行无情批斗。我的班主任老师是从北京调来的当时全市唯一的一级教师，她自然在劫难逃，虽说是小学教师，但也被打成"资产阶级反动学术权威"，要批判其实施"资产阶级的母爱教育"。这位女教师参加过开国大典，她曾经在课堂上满怀激情向我们讲述当年新中国成立时的盛况，不知怎么，她竟然随口说道："开国典礼过后，解放军的马队在天安门广场留下一团团马粪，脏死了……"当时我们这些小家伙听了，一个个开心地哄堂大笑；可到了这时用阶级斗争的放大镜一照，这不是攻击我们心中神圣的天安门和人民解放军吗？是可忍孰不可忍，必须肃清流毒，让她低头认罪！于是乎，批判啊，打倒啊，一时批斗声不绝于耳，大字报糊满教室。一天批斗下来，这位披头散发的老太太精疲力竭还被学生团团围住，回不了家，她被富有同情心的传达室老校工拉到他家的角落，蜷缩在一边"苟延残喘"。天已傍晚，可是我们这些红小兵还要"痛打落水狗！"又把她围得严严实实，继续批斗，这些当年备受老师宠爱的学生个个翻脸无情，人人慷慨激昂。面对学生的厉声斥骂，倔强的老师无理可喻，她一言不发，只是任由痛心伤悲的眼泪默默流淌。这让人心颤的泪水，一时竟吓退了我们这些年幼的红小将，至少那时候使我狂热的小脑袋迅速降温，害得我从此在文革期间没有参加过任何造反组织。多少年后，我从部队回来，偶然听说这位已退休的老师她的家被迫搬迁到一片贫民区，谁料雪上加霜，家里又被一把大火烧了个精光。我闻讯立即赶去看望，并拿出些钱想帮助老师。在余烟缭绕的废墟旁，见到已长大成人的学生，老师又一次对我流下了心酸的热泪。她说，"你来看老师，这就够了。这钱，老师心意领了，坚决不能要。"

八十年代初，我从大学毕业分到省教育厅，正赶上整党，被抽调到整党办公室工作，当时参与的一项重要工作就是继续平反冤假错案和清理"三种人"（文革期间的打砸抢分子），面对大量杂乱而尘封的文书，埋首数目惊人的历史积案，我们在努力工作着。给我印象最深、触动最大的集中在反右和文化大革命时期，教育战线在这两个历史时期是首当其冲的"重灾区"，受冲击、受迫害的人数和比例是惊人的。即使是省教育厅机关干部，没有受到运动冲击的，也仅仅剩下三个"好人"。一天,一位步履蹒跚的七十多岁的老者,到我办公室来上访。细细询问,原来这位老先生五十年代初是教育厅下属单位印刷厂的一名非正式员工,因为其出身是小工商业经营者,不知怎么,给打成了"历史反革命",他被当时省教育厅的"肃反五人小组"一个电话,送到了某劳改农场劳动改造。一晃二十多年过去了,党的十一届三中全会后开始拨乱反正,平反冤假错案。劫后余生的老人被释放出来,让人吃惊的是,这位被关押20多年的犯人,当年除了电话记录,竟没有一份判决书,也没有确定刑期,稀里糊涂地被关了几十年。按照落实政策,他不是正式职工,所以他的生活待遇落实不了。他唯一的儿子在农村对这位父亲拒不接收,说是从小到大,没受过父亲一点照顾,自己一家却备受牵连。现在父亲年老了,被政府平反放出来,要他供养,他没有接收能力也没有接收的道理。望着这个一生坎坷、衣食无着、孤苦无助、风烛残年的老人,看着他满布皱纹的脸颊,浑浊的眼球老泪纵横,我的心又一次被撼动,感到十分沉重。面对这样的历史老账,如何处理,我们感到挠头。几天后,一下子来了六、七位离退休老干部,他们都是抗战和解放战争时期的老同志,他们相约一同来找我,是要证明和反映那位上访老人的情况,希望组织上帮助妥善解决他的安置问题(显然是那位劫后余生的释放老人找到了他们)。一了解,才知道当年就是他们把那位老人送进了监狱,望着这些曾经声名显赫、手握重权的白发老人,我仍然禁不住指责他们当年怎么这样没有法制观念?面对我这年轻人的直率批评,这些老干部面红耳赤,但却诚恳地对我说:"小同志,你怎么批评都对。只是当年我们也像你这样年轻,经过这么多年运动,尤其是文化大革命,我们自己都受到过冲击、迫害,才明白这些道理。可是我们现在不在位了,无职无权,这样的案件我们解决不了,要请你们关心帮

云水集

助。"一席话让我默然。最终，我们以组织形式，采取变通的方式，给这位老人安排了一个名曰："文字抄写"的工作（其实那时候已经有了复印机，根本不需要也不会专门备有文字抄写人员了），硬强压给这老人家乡邻近的一所高校让他们接收，每月发给几十元工资，算是养老金。

历史沉重的一页已悄然翻过，今天我们迎来了一个千年不遇的太平盛世，安定团结的日子比什么都好，不搞运动，不瞎折腾成为全国上下的共识。祖国正一天天繁荣富强，科教兴国，尊师重教蔚然成风，广大教师早已扬眉吐气。今后的岁月，衷心祝愿我们的人民教师永远不再流泪，永远笑口常开。

向组织交代

那是 1983 年的一个早晨，我早早来到机关上班，这时候省政府大楼内空无一人，却看到刚离休的葛厅长站在我的办公室门口，我忙打招呼："厅长，这么早，您找谁？"他说："我就找你。"打开门，请进。我说："快请坐。"不料，老厅长说："不坐。我来是向组织交代问题的。"我愣住了，怎么把我当作组织呢？要知道，那时我只是个年轻的厅党组秘书，他是我的老领导呀。只见他抖抖索索地从口袋里掏出一封信，递给我说："昨晚我们全家连夜开了家庭会，决定把这封信交给组织。"我接过信，看到那封信发自美国，信封用英文书写，是寄给葛厅长的。打开信封，看到里面有两份东西：一份是美国的报纸，刊登着葛厅长不久前作为代表团团长去美国访问的照片和专题消息报道；一份是毛边纸的传单，钢板手刻油印，一眼看去，简直就是文革初期的人们再熟悉不过的造反派传单，传单的内容是攻击中国党和政府的内容。葛厅长随即告诉我，拿到这封信后，他发现信已经被人拆过，又封上了。

葛厅长是位老同志，抗战时期曾在延安鲁迅艺术学院学习，解放初期曾任××军区文化部部长，在批判胡风的运动中，他的恋人被打成胡风集团成员，当时从他恋人处查到给葛厅长的恋爱信，由此受到牵连和追查。这位当时风华正茂的知识分子领导，被转业到地方一所中学任副校长，后几经坎坷转任副厅长。文革期间，他自然少不了受到不停地审查和批斗。如今，才刚刚退出领导岗位的他，却接到这么一封美国来信，政治敏感而又极为谨慎的老厅长，看到信里的传单，又仔细观察了信封的拆封痕迹，发现信被人动过，他想得就复杂了，他怀疑是组织上在考验他、试探他。他与夫人商量后，立即打电话把在郊外工作的女儿叫回家，连夜开家庭会，全家对这份反动传单的内容、信件被人动过的情况进行了仔细的分析研究，决定第二天一早把信交出去，向组织交代，争取主动。

送走了老厅长，我立即去办公室查问，这封信是谁收的？有没有谁拆过看过这封信？原来是办公室的老魏因为不识英文，不知道这信该送给谁，他自作主张地把信给拆开了，一看到信中夹杂的那份内容反动的传单，他吓得不轻。这个生性胆小的老魏，没告诉任何人，竟又悄悄地把信封起来，什么也没说就交给了老厅长。结果弄得老厅长忐忑不安，全家人彻夜不眠。我当即严肃地批评了老魏不该私拆信件，更不该看到传单却隐瞒不说。

事情清楚了，那时正赶上新老干部交替，我把信交给了才上任的新任厅长。新任厅长没经历过这类事，他立即拿起电话向省委汇报，随后要我立即把信送去。也是刚上任的省委常委兼秘书长亲自接待了我，他也没遇到过这类事，当即与公安厅联系，然后让我把信送去。公安厅齐厅长接待了我，富有经验的他仔细察看信件后作出了分析：这封信从美国发出后，途经香港中转，估计是在香港被台湾特务做了手脚，塞进了传单。传单的内容属于美蒋特务"心战"的内容，专门针对我党的高级领导干部，这项行动已引起公安系统的关注。

此事告一段落，却在我脑海里留下印象。我想，一个终身在军队和党政机关工作的老领导，一个资深的老革命，遇到此类问题，怎么变得如此惶惑不安，这些政治运动给他的心理留下了怎样的阴影呢？

注：

文中的几位老同志均已作古，其姓名用的是化名。

竞选示怀

两次竞选，两度进京；一腔热血，对策庙堂。不由想起冯玉祥在其军营所竖一联："做事的请进来，当官的滚出去。"

此次我来，不为一官半职，不求富贵荣华；时下物欲横流，拜金成风，从自身年龄、阅历和家庭计，不必如此。也许，我是一个理想主义者，一身担载过多的使命感、责任感，想在这不惑之年做些有利于国家、天下的事，当然也不排斥调整境遇的因素。人生几度是华年？没有干部制度改革，我不能来；不期望推进事业的发展，我不会来。我希望毕生从事教育事业，因为"我们的事业并不显赫一时，但将永远存在。"此次我来，秉承行知先生所教："捧着一颗心来，不带半根草去。"参试如同登山，英才荟萃，往上走的是人迹罕至的崎岖小道，须挥洒汗水，奋力拼搏，没有思想的升华，境界的开阔，就不必冒险犯难。

陈老总诗曰：祖国有召唤，汝应作冲锋。

今天，我来了，自诩为国家有用之才，迎接挑战，接受挑选。

想到过落选吗？自然，登山当知下山难，泱泱大国，济济人才，岂不知天高地厚，舍我其谁？

轻轻的我走了，正如轻轻地来，挥一挥衣袖，作别西天的云彩。

2000.9 写于北京教育部招待所

注：

这年，我参加教育部面向全国公选司长的考试，入围后在京接受部长面试，呈此文于教育部长。

重要讲话

在官场，每当某某领导发表一通讲话后，通常就会听到会议主持人或是某下级随即附和："刚才，某领导作了十分重要的讲话，……希望大家认真领会领导的重要讲话精神，狠抓贯彻落实"云云。那些领导的讲话，真的重要吗？我想，说这话的人，有时候恐怕连自己也不会相信。

厕身官场多年，接触过大大小小不少领导，要说对于领导的重要讲话记得多少？确实寥寥无几，难怪这么不长进呢。静下思之，这些领导有点真金白银的话确实有限。古有"一字师"之说，冥顽不化的我，多年下来，依稀记得也有几句话，算是"一言师"吧。

记得一位解放前参加革命的知识分子出身的老厅长对我谈及他一生说："在某些非常时期或者特殊场合，他力求做到绝对不讲假话，尽量说真话，至于什么时候说真话，要看情况。"看来，从读书人变成革命者，还要做个知识者，难免要煎熬冲突和坎坷啊。另一位厅长是年轻的后起之秀，他遇到上级的责难和委屈。气愤地向省里一位德高望重的上级领导反映情况，诉说委屈，那位老领导开导说："不要想着有谁给你主持公道，有时候是没有人给你评判是非的。"（这位老领导也是仕途坎坷）这位厅长回来后，揣摩再三，深有领悟地对我说："交友之道，不可则止，勿自辱也。"从此改变了他的为人处事方式。另一位领导，在为其身居京城要职的老父亲奔丧归来后，感慨地对我说："老父亲临终时嘱咐我'到59岁就别干了'。到那时候，我想说些什么，就能说了，想写些什么，就可以写些什么了"，可这位领导转眼已70多高龄（现已作古），该了无羁绊说些真话了吧，却仍未见到他真写些什么，真说些什么，或许是"而今识尽愁滋味，却道天凉好个秋"吧。

我记得，曾为某部部长，又来我省任省长的一位老领导感慨地说：建国后30年间，他有10年时间被文革耽误了，10年时间在扯皮推诿中度过，真正能干点事情不过10年。不才如我也曾在处务会上说过："看看我们的工作，我们有1/3时间用来'擦屁股'，即后人擦前人的屁股，解决前人遗留的问题；1/3时间在作"使绊子""别马腿"，让别人办事不那么顺畅，或有求于你，或给后人制造麻烦；只有1/3时间用于日常工作而已。"我的这番言论，在机关多年后还被人提及。

我很赞赏胡耀邦在就任总书记时说过的一段话，大意是：今天让我担任总书记，并不意味着我的水平就提高了，我还是以前的我。我在任上力求利国利民，尽量不误国误民，绝不祸国殃民。这才叫真话和境界。

在当今这个浮躁虚饰的社会，"皇帝的新衣"仍在一幕幕地不断上演着。说是巴金的高度在于他讲真话，那也是他在文革后痛定思痛，反思自己曾经违心说话，没讲真话。至于没有巴金般名望的芸芸众生，有时你讲句真话看看，那真如苏东坡小妾所说，叫做"一肚皮不合时宜"。难怪旧官场上流行箴言叫做：沉默是金。一言不如一默。骨鲠之士不列，謇谔之风式微，非国家和民众之福啊。

文字的遭遇

　　我并非赶时髦，也早退却了弄潮儿的勃勃锐气，几年前，在职场几乎人人见面要问：你开博了吗？我觉得摆弄那些是小青年的事。即使在今天，开博已经十分平常，我也没有萌生在潮涨潮落时湿湿脚的念头。

　　前几天，在摆弄电脑时，看着胡乱存放的文档，我想作个归纳整理，不妨开个博吧，算是清理垃圾，打扫卫生。于是请小同事指点，我也开"博"了。经过一番捣鼓，把以往发表在报刊的部分文字陆续粘贴一些入"博"，让我愕然的是，不过才短短四五个小时，我入博的第二篇文章《一曲"洪湖"闹军营》，观看者不过180多人，竟然被网站管理员悄无声息地删除了。

　　文章千古事，得失寸心知。曹丕说"文章经国之大业，不朽之盛事"，虽有些拔高，不过，写出的文字藏在你个人的故纸堆里，那是你自己的事，但要拿出来晒霉，那就不仅仅是你自己的事了，你得面对公众，向社会负责。

　　说起来，我的这篇被迅速删除的文章，虽然是篇早已见诸报端的旧作，但发表的过程，却也一波三折。十多年前，我向省党报投出了这份稿件，也许是赶上敏感时节，虽然该报把我的文章发表了，但却被改了题目，做了删节，一篇不足千字的短文，受到如此处理，敝帚自珍的我，心里不是滋味，这样阉割，还不如不登呢。又过了几年，看到《中国教育报》发起"纪念中国电影诞生百年——'我与电影'征文活动"，我把这篇旧作原样投去，还好，作为征文活动的第一篇文章，一字未动地很快发表了。随后，数家报刊、文集来电来函，或是告知此文被入选什么金奖、特等奖，或是征询收载转载的意见，我知道自己斤两，所以敬谢不敏，一概不予答复。没想到，如此旧作，竟然首次开博就遭遇了"斩首行动"。

大半生舞文弄墨，所写文字的各种遭遇，自然经常遇到。秉性刚直的我，信奉"板凳坐得十年冷，文章不写一句空"，更理解曹雪芹"十年辛苦非寻常，字字看来皆是血"的惨淡心境。

记得在机关工作时，我整理了一篇反映高校思想动态的材料，按组织程序上报，不料竟引起一场风波。那天，厅长一脸紧张严肃地找我谈话："听说你处报送了一份材料，在省委常委会上，引起几位领导大怒，会上会下都说要严肃追查。我们分析，这份材料不会是学生写的，学生没有这个水平，不会这样系统；不是教师写的，教师没有这个胆量；也不是大学党委写的，学校不会整理出这样的东西！这样系统全面的自由化观点还需要有一定的水平和文笔……"我听不下去了，直接打断说："说话何必这么绕弯子呢？不论谁写的，我是处长，我都会承担责任的，文责自负，我不会牵累你的。这个材料纯粹是客观反映，无一字无来处。如果我们到现在还不能正视现实，那就可悲了。你们查吧，我现在还没要求你保护我呢，就把你吓成这个样子？"我反问："我们的上级领导究竟是要听真话还是听假话，要听附和之词，那看报纸好了，用不着我们去反映。更不应该追查下面学校，那只会堵塞言路，以后谁还敢讲真话，谁还反映情况？"谈话不欢而散。次日我办公室的电话又一次响起，是副省长亲自打来的。"听说你写了个东西，听说还要追查，是怎么回事？"我原原本本作了汇报，再次说明情况，当然也慷慨陈词。我的看法最终得到副省长的赞成和理解。副省长了解情况后关心地提醒我要注意政治气候，掌握分寸，他特别对我说："这个时候，你做到不害人是好的，但不能不防人。"他并向我叙述了一段文革时期所经历的往事，提醒我这时候要注意保护自己。对于在这非常时期这样剖心沥胆的关怀，我打心里感谢。没想到，过了一会，电话铃声再次响起，厅长又要我到他办公室去，劈面就问，"听说某省长给你打电话了？"我有些惊讶地回答："打了。"又问："听说你们谈话的时间不短呀，足足有半个多小时。"我说："我没有注意看时间。"再问："你们都谈些什么？"我有些生气地抢白说："他在了解那份报送材料的情况，也关心我，提醒我在这个时候，不要害人，但要防人。"厅长听了尴尬地说："好、好。"

既然如此，我干脆直接找到省委领导秘书，问问到底是怎么回事，竟惹得上级领导如此动怒，还要严肃追查？该秘书听了也十分生气，他说："胡说八道！哪有这样的事？怎么会追查你呢？"他告诉我，这不是书记的本意，这是有人曲解乱传。他找出领导的批示，让我看；我报上去的那份材料写满了一些领导的批示。书记的批语是：从这综合反映看，高校思想工作任务很艰巨，对目前所暴露出思想认识问题要注意研究认真解决。另一位老领导的批语是：这份材料如此重要，为什么送其他单位，不送顾委？原来是对文件阅看的范围有意见。没想到此事被人做了文章竟以讹传讹，传言如此走样，吹来无妄之风。

此事不了了之，问题是，我的工作还要继续，以后的材料，我索性直接署名，有领导看后奇怪地问：你报的材料为什么还署名啊？我答道："文责自负。"我的潜台词：免得别人费心劳神地猜测追查、担惊受怕了。就这样，那段时期，我上报的材料被中办、国办内刊先后登载六次。（其中一篇材料上报后，北京两大部委的主要部长分别亲自来电询问情况，帮助解决问题，据说那位从不认错的部长这次总算认了错，一份四个部委联合发出的文件实际未能得以实施，但直到14年后才被正式宣布废除。）我想向有关部门索要上级核心机关刊载我所写材料的复印件，留作纪念。有关部门领导说："这怎么能给你呢？这都是绝密材料啊。"我说："什么绝密呀，我不写不报，哪来的绝密？"这位部门领导听后笑了说："说实话，这些材料直接报送……报出后，我们再也见不到，他们只是通知我们采用了，对我们表示感谢而已，所以我们也谢谢你。"一次，我接到一份密码电报，看到电报里某中央领导的讲话中有整段文字，与我几个月前所报送的材料一字不差，也许是暗合吧，阿Q般的我作如是想。我拿着这份密码电报和我报送上去的材料，一并送给厅长看，厅长看后有些尴尬，说："好，好。你写吧。"

蹉跎岁月，坎坷人生，到了"而今识尽愁滋味，却道天凉好个秋"的年纪和境界，自然锋芒磨损，锐气消减，但忧国忧民之心未泯，偶尔还会冒傻气，这就叫南山可移，本性难改了。

2010.10

天 光 云 影

生命的赞歌

那年那月那天某个时分，守候在医院手术室外的我，透过紧闭的几重玻璃门，捕捉到一阵清脆响亮的婴儿啼哭声，"生下来了！是男孩！"我兴奋而又确信地对这一强烈的信息迅速作出反应，告诉一旁守候的妻妹，我们十分高兴。

过了一会，手术室的门终于打开，护士把婴儿抱出来了，她视若无人地径自抱着婴儿向育婴室走去，我们立刻迎上前去探头察看，并急切地询问，"请问是男孩还是女孩？"等待证实。司空见惯的年轻小护士，一步不停，目不旁视地木然吐出毫无感情色彩的两个字："男孩"。

我们亦步亦趋紧跟在护士侧面，仔细端详着孩子。孩子圆睁着一双亮晶晶黑葡萄似的大眼睛，一动不动地直视着我们，生气可人；软软的黑发湿漉漉的，皮肤红嫩，十分干净。孩子被抱着清洗去了，我们又欢快地等待妻子出来，看来剖腹产手术顺利。这时候，妈妈提着保温瓶上楼送饭来了，当我们告诉她顺利生了个男孩时，妈妈因紧张不安、困倦疲惫、满布皱纹的脸上一下子云开雾散，立刻明朗起来，她太高兴了！岳母随后也赶来了，她听到这喜讯激动得两眼溢出泪花。

下午三时许，妻躺着被推出了手术室，我们像众星捧月似的围上前去一起看视帮助推车，妻子脸色蜡黄、憔悴，昏昏欲睡，疼痛、紧张、疲倦、兴奋、激动……折磨得她没有了半点精神。

病床上，妻昏睡着，点滴瓶的液体一滴一滴、不紧不慢的流进她的身体……在这喧闹嘈杂的医院里，这时我感到了真正的安宁，这是心灵的平静安宁。娘奔死、儿奔生的揪心时刻，终于平安渡过了。这是以大生命换小生命，以痛苦、紧张和血肉的拼搏与付出，迎来新的可爱的小生命，这是生命的延续，生命的赞歌。

今天，我们种下了希望，迎来的是希望，唯有希望！

1983.9

买猫记

一个文物贩子风闻某偏僻山村有户农家拥有一个珍贵的古代瓷碗，他立即猫儿闻腥似地深入该乡村寻访。这村子不大，稍事转悠，他不费气力地就找到这户农家。农家十分寒酸破败，户主是一位老者，鸡皮鹤发，衣衫破旧。贩子进屋四顾，看见房间正中桌下系着一只小猫，地下放着一只脏兮兮的猫食盆，贩子定睛一看，立即认出正是那只梦里寻它千百度的古瓷碗。他按捺住激动的心情，不动声色地与农家老头寒暄良久，一个劲儿地套近乎，一个劲儿地称赞那只小猫如何漂亮，如何可爱，然后央求老头把小猫卖给他。老头自然不肯出让家里的宠物，好说歹说，最终还是抵挡不住贩子的软磨硬缠、苦苦相求和不断加码的高价诱惑，极不情愿地卖出了小猫。文物贩子不由心花怒放，暗自庆幸自己得手，当即一手交钱，一手交货。他一边抚摸着小猫，口中连声对着老头称谢，赞说着小猫可爱。临走时，这贩子漫不经心地轻轻淡淡地随口说道："老人家，小猫路上要喂，我把这只猫食盆一块带走吧。"老头捻须一笑，伸手拦住正要弯腰取盆的文物贩子："这只猫食盆我是不卖的。不瞒你说，靠着它，我已经卖出去好几只小猫了。"

谣言
——买盐

有个笑话说：一个人抬头看着天空，甲走过来，以为天上有什么东西，也停住脚，跟着这人抬头看天；乙也过来了，看到他们在朝天上看，又跟着往天上看去。就这样，一时间聚集了很多人，大家都在抬头看着天，还互相边看边问，你们在看什么呀？！谁也说不出看到了什么，直到最初仰头朝天的那人说：我流鼻血了，得仰着头。——虽说这是个笑话，但这正是一种社会现象——可以说是一种"中国式现象"。就说这几天疯传的食盐涨价传闻吧，一时间迅速在全国兴起的抢盐风潮，一人跟风，万人哄抢，家家商店食盐脱销，有这必要吗？买几包盐就能吃上半年，多吃不咸死你？害得那些真正缺盐的人家却一时买不到盐了。这一切起于谣言、盲从与跟风。谣盐，谣言。淡定，淡定啊——谣言止于智者。

顾老师

我清楚地记得那时我上小学二年级。那天早晨，上课的钟声响了，喧闹欢快、活蹦乱跳的操场，顿时静寂下来，很快空无一人，所有的学生都回到教室，每个教室的老师都开始上课了。唯独我们班的顾老师没有到来，安静了一会的教室，没有人管，很快就又嘈杂喧哗起来，声音越来越大。过了一会，隔壁教室的老师感觉到了我们班的异常，她过来走进我们教室，厉声喝问："请安静！不要吵！你们老师呢？怎么没来上课？"

你说我们这些小学生，谁知道顾老师怎么没来？这位老师又说："谁是值日生？快去你们老师家看看，请她来上课。"那天的值日生正好是我，我于是离开座位，走出教室，穿过空空荡荡的操场，向老师家走去。

那时，我们小学老师的宿舍只有一栋，与女厕所并排，这宿舍东西相背，分为两边，我们顾老师的家，靠近学校围墙里侧，比较偏僻。在我往老师家的小巷里走时，我看到前面有两个穿白色制服，戴大檐帽的警察，沿着墙壁，分成两侧也在慢慢地往里走。突然，他们加快步伐，拔出枪来，冲进了我们老师家里，只听见房间里一阵响动和打斗声，很快，我看到警察押出一个大学生模样的男青年，他额头上流下一缕鲜血。按现在的说法，他看起来很有文艺范儿。这时，我们的顾老师，不知什么时候也出现在旁边，只听到这个被戴上手铐的青年扭头在愤怒地责骂我们老师，老师低着头一声不吭，在一旁默默地流泪。那个男青年被押走了，那节课，老师最终也没来上。后来，我们得知，那个男青年是我们老师的亲弟弟，他从大学押往劳改农场的路上逃跑，来躲到他姐姐家里。我们的老师哪敢收留，也无处收留，最终她选择了报案，结果就发生了我所看到的那一幕。

自那以后，顾老师再也没来上课，我们再也没有见到她，听说她很快就被调走了。她是我小学二年级时的班主任，这么多年过去了，我偶尔还会想起我的这位启蒙老师，还依稀记起她和蔼温婉的模样，更记得抓捕老师弟弟的那个早晨。回忆起来，那是在1961年，50多年过去了，不知顾老师是否还健在？老师，你过得还好吗？

教学的遗憾

人生难免会有许多遗憾，有的可以弥补，有的时过境迁可能无法挽回。这里说一下一位老师的遗憾。

在纪念恢复高考20周年暨毕业生返校的师生聚会上，我们这些不再年轻的老学生，见到了一些久违的老师：有的风采依旧，有的已是满头华发，步履蹒跚。师生相会，一别廿年，相谈甚欢，感慨良多。

王先生，那位当年戴着金丝眼镜、倜傥潇洒、身材颀长、操着南方口音的外国文学老师，一见到我们，竟然在会场上开口便提起16年前他给我们开设的一次莎士比亚戏剧专题讲座。那时的他，显然做了精心准备，欲与我们这些学生进行艺术与心灵的传授与沟通。出乎他的意料，来听他课的学生很少，这种现象在当时被教职工交口称赞以学习勤奋刻苦著称的七七、七八级学生中是十分罕见的，这引起了王先生深深的不快，他当即生气而直率地在课堂上表示了他的看法，以为我们临近毕业，心气浮躁，无心向学。那时在台下听课的我，本想出面向先生解释其中的误会。实际情况是，当时，我们正进入紧张的毕业论文写作与考试阶段，同学们根据各自的选题，在分头与指导教师接触，没有选择王先生课题的同学可以不来听课，听讲座的同学自然会少，不知是师道尊严还是因为当时的气氛，台下的这些学生谁也没有说出口来。批评归批评，王先生的讲课并未受到影响，依然是妙言迭出，精彩纷呈。之后，他又认真地指导我们撰写毕业论文。我的莎士比亚戏剧评论的论文，就是在王先生的启发和精心指导下完成的。（后来这篇论文在大学学报一发表，即被中国人大复印资料全文转载，又被收入《中国莎学简史》。）

没有想到，事过多年，他竟对那次讲课的情形耿耿于怀，他还在批评和教育我们，做学问、做人要认真，不要浮躁，仿佛那是一次没有上完的课。短短一席话，使我产生了触动，多么可敬的先生啊！对于教学，他是那么认真敬业，那么热爱执著，那么追求完美，那么诲人不倦；他要的是师与生、教与学的共鸣、互动与沟通，他是把教书、育人当作一种天职，一种完美的艺术在追求。16年前讲课的那次缺憾，深深地刺伤了他，他竟视为是自己教学的缺憾，是艺术的缺憾，甚至是终生的缺憾。不知是因为这次会面的人多场面大，一时解释不清，加之很多同学也不知道怎么回事，或许是这种场合我不宜插话，坐在台下的我，再次错过时机，竟然没有来得及向先生当面解释这个误会，以消解他心中压抑多年的"块垒"。

22年后的今天，我有幸来到英国学习并赴莎士比亚的故居参观。在充满异国风情和浓郁人文色彩的斯特拉福镇，我突然想起了当年指导我写作莎士比亚论文的王先生，想起了先生对那次讲座的缺憾，这如同古希腊的"断臂维纳斯"，因为缺憾而更显其美其真。

人生就像这艾文河的流水匆匆逝去，能做、该做的事应当抓紧去做，我想回国后要赶紧向先生作个解释。毕竟未来的路上，我们有许多事要做，我们还要继续去探索、追寻。

《新安晚报》
2004.9.12 刊载，题为《一位教师的遗憾》

看《集结号》，说我的舅舅们

元旦前夕，听一位同事说，他刚看了冯小刚执导的电影新片《集结号》，看得他眼泪止不住地流，于是我也去看。

该片叙述了1948年解放军某部九连在激烈的战斗中伤亡惨重，只剩下48人，他们又受命接受阻击任务，面对数倍的敌人，九连战士无一退缩，最终仅有连长一人重伤幸存，其余全部英勇牺牲。在那战乱的年代，部队整编了，人死了，一切联系就都断了。岁月流逝，这些死难者没有得到应有的承认，被人们遗忘，连其尸骨也难寻了，这些士兵的家属和活着的连长却受到人们的质疑。为了给那些死难的士兵正名，得到世人的承认，为了心中的承诺，连长像坚守阵地一样苦苦地死守着、寻觅着……也许我这当兵出身的心硬，看了影片没有流泪，然而，剧中情节与人物的命运却与我的家世颇为相似，勾起我的一腔思绪。

　　我有五个舅舅，可我没见过几个。从我记事起，听过母亲无数次的念叨，说起我的几个舅舅。母亲家境贫寒，大舅是老大，听说也最顾家；抗战之前，他带着年幼的三弟去上海当兵吃粮，参加"八一三"淞沪抗战，大舅在战斗中负伤，送进医院，医院随即被日寇炮火炸毁，大舅尸骨无存。"可怜无定河边骨，犹是春闺梦里人"，新婚的大舅妈苦守数年后，被迫改嫁。当年才13岁的三舅和鬼子拼刺刀肉搏，体力不支，从小在河边长大，深谙水性的他一头扎进河里，侥幸潜水逃脱，又被当作逃兵抓住，打得皮开肉绽。四舅读过几年书，算是家里的文化人，解放战争时，他也去当兵，不久被俘虏，留下来参加了解放军。解放前夕，他还给家里写过几封信，说当解放军好，在部队不打人、不骂人，特别提到解放军尊重人才，不埋没人才，后来就没了音信。"烽火连三月，家书抵万金"，没文化的家人却不知道珍藏来信，家乡赶上发洪水，信被冲没了，联系断了，人也就从此没了。解放后，没有信件证明，既不算烈士，也不承认是军属，连一分钱的抚恤费也没有。我父母根据记忆中的部队番号数次寻找，犹如大海捞针，总算找到了这支部队。得知这支部队在解放大西南时，剿匪死了一些，遇上山崩又死了一些，之后这支部队（第12军）去了朝鲜前线，又被打乱打散，人员伤亡过重，分成几支，又几次组合，查找残缺不整的部队档案，当时部队也仅仅保留团级以上干部名册，其他人员就无从查考了。在那极"左"的年代，四舅被人诬陷说是在朝鲜战场被俘，押送去了台湾。最小的舅舅是北京石油大学的50年代末毕业生，因四舅受到牵连，一生坎坷。如今，去台的老兵一个个归来又回去，同乡的赴台老兵说，四舅根本没有去台湾，又一个舅舅就这样不明不白地永远失踪了，至今连个确切的死亡音讯也没有。可怜的外祖母，一个一辈子含辛茹苦极其善良勤劳的农村妇女，哭干了眼泪，贫寒到死，也没有见到她任何一个当兵的儿子归来。我的母亲，如今也八十多岁了，现在她思念几个兄弟的念叨是越来越少了。

历史翻过了苦难深重的一页，我们后来人赶上了千年不遇的太平盛世，日子越来越好过了，可是，我们千万不能忘记像《集结号》里那样千千万万的无名士兵，还有我的那些舅舅们。

刊载于《安徽电大报》2008.1.5
《中国电大报》2008.3.5

说父亲, 二三事

父亲的正派刚直，在当时的机关是出了名的。有些同事称他为："知识分子大炮"。这里在记忆的脑海里掬起二三朵浪花，以作纪念。

"老百姓要骂你祖宗八代"

解放后不久，城市大型建设陆续开始了。我们是省会城市，要开辟一条东西走向，横贯整个城市的宽阔的主干道，命名为"长江路"。在道路中端，开始兴建一座当时颇为气派豪华的宾馆，取名曰：长江饭店。毕竟是老城区的中心地带，居民最为集中，大建设自然涉及道路拓宽、住房拆迁等问题，那时的老百姓，一声动员号令，叫搬就搬，说迁就迁，多配合呀！可是当时的城市公共基础设施很不完备，几乎为零。老百姓搬出了自家房屋，让出了地段，却很少有人过问他们的具体生活，当务之急就是居民的生活饮用水问题。那时我们这个城市还没有建自来水设施，这一带的生活用井几乎全部被挖或是填平了。这没水吃的日子怎么过呀？老百姓可有意见了，自然不断地来人来信向市委上访反映。当时父亲负责市委秘书工作，他对老百姓的反映很在意，积极地帮助出面协调和解决问题。针对有些部门工作人员的拖沓扯皮，拖延不办，在协调会上，父亲疾言厉色地说："这个问题不抓紧解决，老百姓要骂我们祖宗八代的。"事情当然最终得以妥善解决了，可父亲却在后来的运动中被人检举批判说："他说：老百姓骂共产党祖宗八代。"

"不要做国民党的官太太"

因为工作性质，又居住在同一个大院，父亲和几位市委领导可以说是朝夕来往。一天，父亲碰到一位书记家的保姆阿姨，这位保姆向我父亲反映市委副书记夫人对她的任意使唤和刻薄态度，说这位夫人甚至连洗澡都要保姆给她搓背。父亲听了，很有看法。说起来，这是市委书记的家庭私事，外人可以装作不知道或推诿不去过问，但生性刚直的父亲，却在党员生活会议上将此事郑重提了出来。说就说吧，父亲竟对这位副市委书记当面提出批评意见说，"领导同志要管好自己的家属，不要让自己的夫人成为国民党的官太太。"这位副书记虽然感到很难堪，却也没有对父亲计较，但却引来了一些人的批评指责。在后来的反右倾运动中，把我父亲说成是恶意攻击污蔑"党的领导干部"，再次受到批判冲击。

几粒小糖

建国初期，社会风气很好，人情往来、请客送礼的事很少听说。父亲从五十年代初（约从 1951 年或 1952 年起）至"文化大革命"期间，一直在市委工作，自然会有人有事要请父亲帮助办理，到家里登门拜访也是难免的事。听母亲说，有次来了一位客人，来我家时，他带了一包小糖果送给我们小孩吃。母亲没注意,让我们兄妹几个小馋嘴擅自拆开纸包吃了几粒。父亲回家,看到这个情况,大发脾气,他立即逼着母亲上街去买糖果补上,退还给来人,还要求母亲买回来的小糖糖纸花色也要一模一样。母亲买了糖果回来,可糖纸的花色却怎么也配不上,惹得父亲很不高兴。来人拿着退回的糖果怏怏离去,也很不开心,他对我母亲说:"我从来没有见过你家老李这样的干部,这不是送礼,不就是几个小糖吗?给孩子吃的。"

风雨兼程

父亲因反映三年自然灾害困难的问题,而被下派到公社担任公社书记,祖母带着我三四岁的小妹随父亲一起生活在农村,住在四周和屋顶都是油毛毡的席棚里,一住几年。放寒暑假时,我们也到了农村。一个狂风暴雨的夜晚,我家的油毛毡屋顶被风雨掀翻,远处依稀传来哭喊声,被惊醒的我们这时候发现,父亲早就起身去农民家看望了。我和哥哥因为上小学,留在城里,但家里的住房随之被收回,又一次赶出市委大院。我家几次搬迁,居住条件十分简陋,甚至连像样的木门都没有,半夜里,邻居家的猪,几次拱进家里,来到我们床边,让年幼的我们小兄弟俩惊吓不已,这时候我们的母亲还在工厂上夜班。

那时候,难得见上父亲一面,有几次见到父亲,他是自己拉着粪车,跑几十里路,晚上到城里来拉粪,天还没亮就赶回农村去了。有次听父亲生气地讲到市政有些建筑物华而不实,外表好看但不实用,特别提到安徽农学院(现在的安徽农业大学)对面一个八角亭的厕所,外表挺好看,像个古亭,但华而不实,很不实用,尤其是掏粪、出粪时很不方便。这是他自己掏粪时的亲身体会，这个亭子一直到上世纪九十年代才被拆除。

父亲的足迹跑遍了他公社每个生产队的田间地头和农家。有次，我见父亲反复地收听广播电台播送的一篇社论和报道，内容是分析为什么一个生产大队增产，一个生产大队减产。后来才知道，这是父亲深入农村调查后亲自撰写的文章。我至今还记得父亲常念叨的水稻优良品种"农垦58""珍珠矮"、水产养殖和绿肥"红花草"什么的，家里堆放着一些稻种和各种农业技术的材料，我那时的感觉，父亲就像个农业技术员。

在工厂，父亲和工人打成一片，干在一起。在文革中后期，还是闹革命、不要生产的社会环境，父亲却能团结激发起工人们的干劲，把大家拧成一股绳，大打生产翻身仗，使整个厂里的产品产量连翻九番，这在当时，是个奇迹。

我家里有时也会宾朋满座，欢声笑语，热闹一团。在父亲当公社书记时，家里经常坐满的是农民兄弟；在父亲当工厂厂长、书记时，家里络绎不绝的是工人兄弟。当然，也会有干部来家里，市委书记、市长都曾在我家里就过餐，他们在我家里，吃得和我们一样，也是稀饭加地瓜干，只不过，多加了一碟花生米，或者是鸡蛋炒西红柿。父亲是个读书人，解放前，曾做过小学校长，解放初曾调干到中国人民大学读研究生，可我感觉，他更愿意交往的是工人农民，因为他们淳朴忠厚实在。父亲离休多年，家里仍然还有过去地道的农村农民、工厂工人来家看望、聊天。

文化大革命开始时，父亲还在农村任四清工作队队长。随着运动的深入和升级，在劫难逃的父亲，经常对来人自嘲说他自己是"老运动员"，承受得住冲击。1966年夏日的一个傍晚，落日的余晖还浮在天际，我们全家（那时又住回市委大院）正围坐在门前的小桌纳凉吃晚饭，这时周围一下拥来很多人，他们高声叫嚷着要把我父亲揪回农村批斗，父亲沉着地对这些造反派说："等我吃完这碗稀饭，就跟你们走。"造反派被我父亲的气势一时镇住了，过不了一会，还是按捺不住，他们抢过父亲手上的饭碗，不容分说，架起来拖了就走，一顶纸糊的高帽子随即歪歪斜斜地扣到父亲的头上，父亲十分镇定地把扣到自己头上的高帽扶扶正，头也不回地跟着造反派走了。这一幕，永远定格在我的记忆深处……

异国邮缘

一天工作下来，晚上回到家里，有时我会离开电视或电脑，在台灯下，安静地整理、欣赏一枚枚五颜六色、图案精美的邮票，安静惬意而悠闲。每逢这时，我会想起我的一个素未谋面的异国老友。

说是老友，并非说我们交往多深久，而是因为他是个90多岁高龄的英国老人。九十年代初，我的夫人作为访问学者在英国进修，结识了这对老夫妇。老人友好、善良，热情，笃信基督教，对中国人非常友好。

我自小喜欢集邮，夫人在国外，我自然要求她买一些外国邮票。她每次来信，都要给我寄上几张。我的这一爱好，被这位英国老人知道了，他和我一样，也是个集邮业余爱好者，于是向我问候致意；我呢，每次去信都会顺带给这老人寄几张中国邮票，彼此来往。一年后，我夫人要回国了，临行时，老人给我夫人专门送来一些中国清代的老邮票，请她转赠给我。原来，这位老人有着深深的中国情结，老人的哥哥在清朝末年来到中国，是个传教士，随着他那位兄长一封封寄回英伦岛国的邮件，这个当年的翩翩少年，对遥远神秘而古老的东方中国寄予了无限的遐思慕想。老人的哥哥最终远葬在了中国，而这位老人却从未有机会踏上中国的国土祭奠，他只能把深深的思念和梦想埋藏在心底。快一个世纪过去了，从少年、青年、壮年到老年，他把对兄长的思念、对中国这个陌生古老而神秘的东方之国的向往和友好，在保存、欣赏和摆弄这些中国邮票中缓缓抒发。现在，这个垂暮之年的老人，把他珍藏近百年的中国邮票飘洋过海转送给素未谋面的我，一枚枚古老的中国清代邮票整齐地粘贴在素净的白纸上，这其中寓含着多少故事，寄托着多少对亲人的幽思、蕴涵着多少对中国的情谊和问候啊。

　　时光飞逝，圣诞前夕，我们又收到来自异国的书信，打开一看，是另一位英国老人的来信，信封里寄来那位给我邮票的老人和他老伴生前的彩色合影照片，老人满头银发，高高的身材，清癯儒雅，西装革履，一派绅士风度。来信告知我们：这位老人不久前已经安详地飞升天国去了，他在生前还常常念叨我们。

　　灯光下，我静静地看着这些已有百年历史的中国老邮票，耳畔仿佛听到那位英国老人在天堂里微笑着向我们问候呢！

刊载于《中国电大报》
2008.4.25

镜子里的眼睛

这是我经历的一个真实的故事，许多年过去了，我偶尔还会想起。

那时，我在市内的一个宾馆组织会议，每天会议的时间很有规律，早餐后，大家都准时到会议室开会。那天上午，会议一时没有我的内容，我留在房间，靠在里面的床头静静地看材料。突然，听到我的房门有开锁声，门被悄悄地推开，我从门柜镜子的反射中，看到一个女服务员进入我房间，只见她快步走近门口衣柜，径直把手伸向挂在柜子里的我的西服，从中掏出我的皮夹，取出现金，又迅速地放回，转身就要离去。这时，我说话了："站住，别走！"她如触电般地僵立在那里，手中的百元现金飘落在地。我站起来走过去，看见她是一个40来岁的妇女，个头不高，脸部瘦削，面色苍白。我问她："你在干什么？"人赃据在，她无法解释；我又问："你怎么能这样呢？"她还是低着头，一言不发。看着她可怜的样子，我想了一会，说："你走吧。"她转身迅速离去，事情的发生前后不足一两分钟。随后几天，我注意观察，却再没见到这个服务员。

事后，我细细回味，看来，她的偷窃不是第一次了，手法那么熟练，对我们在宾馆的作息时间，观察掌握得很好；那时段，我们通常开会不在房间，她拿取的现金，数量不多，只取一二百，不是全部，一般住店的客人不易察觉，即使发现钱少了一些，也不好声张，只能怀疑自己的记忆。这次她算是大意失手，没想到房间里人没走，镜子里面还有一双眼睛盯住了她。

当我们离开这家宾馆时，我把这事告诉了宾馆经理，提醒他注意，经理闻之吃惊而生气，"还有这样的事？那时你要告诉我，当场开除她。"

因为经常出差，常住宾馆，我偶尔会想起这事。我不知道，那位服务员有什么样的生活难处？她是否会从此接受教训，不再伸手？是否还会有更多的住店顾客被窃？我那样的处理，究竟是对还是错？今天，我该写这样的文字吗？

朋友，你说我做错了吗？但愿我没有错。

那位老人

大院里的书记、市长楼，每隔几年，就会换几位新住户。

这次，后面的市长楼又搬来了一位。我经常看到的就是这位市长提着个皮包上车、下车，在这大院里，很少见到他和别人打招呼、说说话，估计上班时，他话说的太多。

随后，我在院子里看到了一位新来的老人，高高的身材，腰板挺直，听说是那位新市长的父亲，有90岁了。老人喜欢背着手在院子里到处转悠，闲着没事找事干，看来他最喜欢做的事就是修路面，发现大院哪里路面不平整，他就会找把铲子把路面垫平，由此，才听说他是位老工人。过了好一段时间，没见到老人出来遛弯，才知道老人在大院里搬石头扭伤了腰。

同时，又看到了新市长的儿子和女儿：小青年气宇轩昂，相貌英俊，走起路来，从来目不旁视，仿佛他的脖子不会转动似的，骄傲的像只红公鸡；市长的女儿挺漂亮，白皙而富态，虽然不像他哥哥那样总是昂着头，但也没见过她和院子里的同龄人接触。这兄妹俩和他们的父亲一样，在院子里，从来不和别人说话。自然，遇上这样的主，也别想我们这些年龄相仿的老住户去搭理他。

那时年少的我，对这一家三代人，看法截然不同：对那位老人，觉得很亲切，也喜欢他，因为打心眼里，我觉得他是位勤劳地道的劳动人民。对他的儿子，那位市长，我感觉就是个官，大屁冲天的官，你说这大院，几十年里这样的官走马灯似的，来来去去换过多少茬？呵呵，自然我们互相谁也看不上眼。对那位市长的儿子和女儿，我没理由反感，可就觉得这是典型的公子哥和小姐，按照当下的时髦说法，是"官二代"，文革都这么多年了，还这德性！大院里，过去这样的货色，多的去了，咱见怪不怪。

一晃好多年过去了，不知为何，今天我突然想起了那位老人。

家事、国事、天下事
——孟雄先生印象记

今年6月下旬，我们由大陆飞往台湾，进行两岸大学之间的交流合作。从高雄的实践大学城中校区、内门校区、彰化二水家政中心一路北上，来到台北实践大学总部，拜访实践大学董事长谢孟雄先生。负责接待我们的人力资源部叶主任简要地向我介绍了孟雄先生的个人经历、家世及家族在台湾的社会影响，并告诉我们说，董事长与来客会见时间一般为一二十分钟，就是说乃礼节性会面。

见到儒雅睿智、学者风范的孟雄先生，颇应了孔子那句老话：有朋自远方来，不亦乐乎。兴许我们都多年从事大学教育，彼此一见如故，相谈甚欢。

　　孟雄先生曾长期担任台北医学院院长，实践大学校长，他从学校教育服务社会、服务大众的教育理念与办学实践谈起，对大学服务社会的深刻理解与践行，与我的看法竟是那样相合相通。我们相互询问与介绍彼此的人生经历与家事，出身名门的孟雄先生向我介绍了其慈父、实践大学创办人谢东闵先生的生涯经历与爱国情怀。青年时代从台湾辗转来到大陆求学的东闵先生，曾一天以一块面包充饥果腹，其艰苦奋斗、愤发图强、报效祖国的人生经历与民族国家的苦难紧密相连，言语中可以感受到孟雄先生割舍不断、血脉相连的民族家国情怀。陪同交谈的叶主任事后对我们说，他虽跟随孟雄先生多年，对创办人的很多事迹，这也是第一次听到。

　　我们的交谈无拘无束，坦诚开怀，所言话题谈古论今，旁及中外，跳跃转换，迅速发散。让我敬佩惊讶的是，这位精神矍铄的七十七岁长者，思维敏捷活跃，学识渊博，视野开阔、志趣广泛、记忆惊人。孟雄先生对祖国的深情关注，对当前大陆对外经济发展战略取向的赞许与肯定，对大陆政策的熟悉了解，对唐宋历史的深刻见识，对东北亚局势和南海问题的关注，对二战时期苏德战争的研究兴趣等，都给我留下深刻印象。"不谋万世者，不足以谋一时，不谋全局者，不足以谋一域"，这位集教育家、政治家、医师、艺术家于一身，驰誉台湾学界、柏台、杏林的先生，对国际国内情势的了解与关注，对历史人文的兴趣与爱好，渊源有自，非一朝一夕，当是家族环境熏陶，境界使命使然。

　　不知不觉间，一个多小时过去了，我和孟雄先生仍谈兴未已，学校交流的议程还等着进行，经一旁的叶主任提醒，我们的谈话只得戛然而止。孟雄先生起身去办公室取出一本书——《阳光的人生》送给我，书中记述的是孟雄先生的人生岁月和当年从大学校长荣退时台湾社会贤达对他的评价。我理解，先生的未尽之言，可从其书中增进了解补充。据闻孟雄先生有个"四养"说，即一个人要有"营养、保养、学养、修养"，我深以为然。古人云：不当良相，便做良医。我想这两者，孟雄先生在他丰富多彩的人生中已较为完美地做到了。

夕阳无限好，莫道近黄昏。从孟雄先生那里，我感受到的是烈士暮年，志在千里的不已壮心，是情注两岸、心系天下的家国情怀，是家事、国事、天下事，事事关心的中华人文传统在一代志士仁人身上的自然延续。

期盼多年的交流虽然短暂，却使我们对宝岛台湾、对台湾学界同仁热情美好的印象长留心中。台湾小舞台，世界大格局；两岸血脉情，民族大未来。对两岸的志士仁人，相信我们有更多更深的话题可以交谈探讨，有共同的使命和责任可以戮力担当。

"老夫喜作黄昏颂，满目青山夕照明。"这里，我借用叶剑英元帅的诗句赠与孟雄先生，表达我的衷心祝愿和推进对两岸交流、祖国统一的深深期望。

刊载于台湾《今日生活》杂志

2011.10

留得文心待雕龙

我们是文革结束恢复高考，参加第一次全国统考进入大学的学生。记得入学新生报到时，一个中等身材，身骨瘦削、精神矍铄的谢顶老人，两撇倒挂的八字浓眉，一口浓浓的巢湖乡音，他穿行在我们这批来自四面八方，不同社会经历的大龄新生中间。他满脸含笑，频频颔首，或轻拍肩膀，或执手长握，充满爱抚的目光，爱生如子的教师情怀跃然脸上。"万人丛中一握手，留得衣袖三年香"，很快，我们得知这位先生是我们师大中文系的副主任祖保泉先生（那时我们的系主任是著名语言学家张涤华先生）。

开学不久，祖先生即给我们开设讲座，专门讲授学习方法，传授治学经验。那次讲座的记录，我至今还留存着，尽管墨迹已经淡去。祖先生的讲座，文采飞扬，字字珠玑，引人入胜，寄望高远。他首先说我们国家需要有一批仁人志士来甘当人梯，希望我们忠诚于党的教育事业，指出眼高手低、志大才疏是年轻人的通病，要求我们"不要仰望天外的蔷薇，而踩碎脚下的玫瑰"。关于学习，他希望我们处理好四个关系：语言和文学的关系，读书精读与略读的关系，阅读与写作的关系，打基础和科研的关系。指出我们的缺点：贪多嚼不烂。他说，"长江水那么大，只需取一瓢饮，喝多了胀死人"；"不要往大海里撒沙子，这绝不会掀起波浪"；"宁可少读几本书，也要多写几行字"；"大路朝天，一人半边，各走各的路"……对我们的学习导引作用，非常有益。讲座结束时，先生兴致盎然地赠与我们这批新生一阕他填写的新词《喜迁莺》：

"万人丛里，有英才千数，乘风张翼。络绎相逢，殷勤伴语，从此对窗连席。君似青松初长，我比春花才发；相勉励，把青春付与，人民事业。

欢悦，还怅记，几许年华，一度成抛掷。决策长安，育才久治，史写长征新页；为教文明跃进，甘献丹心热血。征途上，纵难万仞，敢攀奇绝。"

这首词，我们很多学生至今还能记诵。那是一个春风扑面、思想解放，充满希望和改革、奋进的年代，久旱逢甘霖，我们这批被文革耽误失学多年的学生求知若渴，倍加珍惜学习机会，如春苗喜遇春风春雨滋滋地拔节抽长。而我们有幸求教的那批教师，有如劫后余生，如同枯木逢春，对于学生成才的殷殷期待，培育英才的喜悦心境和天然使命感，对于中华崛起，长治久安的竭诚拥戴和热切期盼，恨不得吐出一颗心来，倾囊相授。

七十年代末，社会上对于毛泽东晚年错误的否定与评价，莫衷一是，议论纷纭。祖先生持有自己的看法，他认为毛泽东晚年的错误，就像太阳中的黑子，不因其有黑子而掩其光辉。虽然我们隐约听闻先生在文革期间受到过冲击，但对于刚刚过去的历史一页，先生不愿再提，只是曾听到先生痛心感慨地说：文革中有些年轻人稀里糊涂，无知愚昧，不晓世事，甚至糊涂到连自己犯下杀人罪的地步还不知悟。这是一个终身育人子、为人师、悲天悯人的教师情怀啊。

腹有诗书气自华。作为研究中国古代文论的大家，祖先生自有其独到的学术见解，他在给我们讲解《文心雕龙》《二十四诗品》《王国维词话》等古文论时，常持有其一家言。在课堂上，先生神采飞扬，旁征博引，一一列举和评点国内外各家的学术观点，开阔我们的眼界，启迪我们思考。我们最喜欢听祖先生评点后那句带着浓浓乡音的口头禅："胡扯嘛！"对于不同学术见解的评点与辩驳鞭辟入里，直言不讳，毫不掩饰其在学术上的自信与自恃，十分生动活泼、趣味盎然。记得先生讲解《诗经》："手如柔荑，肤如凝脂。"形容女子之美，其手的白嫩，说柔荑者，犹如春天绿草内包裹的白嫩柔软的草芯；至于什么是"肤如凝脂"呢？先生打趣地说，那皮肤白皙柔滑的不就如同是"冻猪油"吗！"一言既出，满堂欢笑，深入浅出，不拘一格。

为人师者，要在使人领悟。记得先生在讲解左思《咏史》"郁郁涧底松，离离山上苗，以彼径寸茎，萌此百尺条。世胄蹑高位，英俊沉下僚，地势使之然，由来非一朝。金张藉旧业，七叶珥汉貂。冯公岂不伟？白首不见招"时的深沉感叹，给我们留下了难以磨灭的印象。几十年过去了，我们这些在宦海中载浮载沉、几经扑腾的老学生，仍清晰地记得对先生对于"地势使之然"那种对古往今来人才受压抑现象的感慨和世事沧桑的洞见。

对于考试，祖先生并不拘泥，他的考试方法颇为独特，一学期的《文心雕龙》古文论课上下来，他选择刘勰的十篇文论要我们诵读，熟记于心，而后把我们上百个学生，一一叫去过堂，老人家耐心地听我们逐个背诵那佶屈聱牙的《文心雕龙》选段。书读百遍，其义自见，意在要我们打下坚实的学术功底，潜下心来，莫浮莫躁。对于少数学生为准备考研，成天专攻英语而置本课业于不顾甚至弃学的现象，先生不以为然，他直言攻读中国汉语言文学的学生，首要的是打好中国传统文化的根基，表达出他对中国古典文化的坚守与自信。我虽愚钝不才，无所造诣，但先生的学子门生中学有所成甚或名闻天下的学者、教授代有其人。

学生时期，我们尊称为祖先生；毕业后，不知何时，我们这些学子，不约而同地自然都改称为祖老了。记得有次因公返校，我去登门拜望祖先生，学生的到来，是先生最为快慰的事，先生谈笑风生，其声琅琅。告辞时，先生送我一本他的个人词集，他用颤抖的手在书上题字："向荣老弟惠存，二八佳人留字"。须知这是一个八十八岁的老先生，一个满腹经纶、德高望重的学术大家，对一个老学生情深意长的留言啊！其虚怀若谷，不以师长自诩的师生情谊，跃然纸上，自我调侃，风趣依然，既诙谐，又颇有深意，尽显老人的赤子童心、学术活力和生活情趣。没想到，那次一晤，竟成永诀。

桃李不言，下自成蹊，哲人其萎，薪火相传。我觉得，先生留给世人的不仅仅是他那厚重的《文心雕龙解说》《王国维词解说》《司空图诗文研究》等著作与诗词集，留给我们的还有该怎样做学问、怎样做人的品格。

2013.12

米兰书缘

　　去意大利旅游，途径米兰，必看的旅游景点当然少不了米兰大教堂，它是世界上最大的哥特式建筑，更是西方教堂建筑艺术的一座巅峰与典范，真是美轮美奂，叹为观止；其规模雄踞世界第二，仅次于梵蒂冈的圣·彼得教堂，也是世界上影响力最大的教堂之一。

　　在大教堂广场左侧是著名的维多利奥·埃玛努埃尔二世长廊，参观米兰大教堂，这是必经之地，建于1865—1877年。该长廊呈十字形，长196米，宽105米，高47米，廊顶呈拱圆形，顶上装有彩色玻璃棚，是米兰的商业中心，真个是人头攒动，摩肩接踵。参观完大教堂，又在广场信步溜达了一会，我和妻子沿着长廊在人群中穿行，慢慢往回走去。长廊两侧，鳞次栉比地开着很多奢侈品商店，走进几家商店，看到这些门店商品的高档奢华，让从不喜欢逛商店的我望而却步，顿生退意。没想到在这寸土寸金，堆金砌银的繁华之地，竟然看到开有一家书店。这引起了我的兴趣，得进去看看。

　　推开玻璃门的刹那间，我瞥了一眼书店的玻璃橱窗，不由停下步子，又退了回来：不大的橱窗内，陈列着近百本店家推荐的精品书籍，这些新书中间，摆放着几册旧书。我一眼瞅到一本旧英文精装书，书名《莎士比亚戏剧全集》。我顿时来了兴趣，返身进入书店，与店外繁华喧闹涌动的氛围顿时隔绝了，店内安静冷清，没见到一个顾客。店主人是个四十左右的女士，热情地与我们打着招呼。我们在书店里转了一圈，看着从地面到屋顶、摆满书架的各类图书，然后提出能否把门面橱窗里的《莎士比亚全集》拿来让我们看看，女士愉快地答应着，她取出钥匙，打开橱窗，取出旧书。我一看，这本羊皮装帧纸页烫金的精装旧书，是1921年的老版本，比我家里收藏的那本《莎士比亚全集》出版年限还早二年。我立即想把它买进收藏。问价格，要180欧元，挺贵的。我和夫人与店主人聊起了莎士比亚，聊起了我收藏的英国的莎剧全集，也介绍了我们的职业，谈到当前数字图书和网上书店对实体书店的影响与冲击，女主人感觉到我们的爱好与诚意，她进入店后内室，请示她老父亲后，降价几十欧元，把书卖给了我们。女主人介绍了她家书店开办于1775年。这家200多年的老店，如今也是勉强维持着。我们相谈甚欢，有着共同的语言和情感共鸣，我们赞赏她对文化的坚守，对她家族基业的传承，在繁华世界中面对竞争压力的淡定，我还特地请女主人在我的这本老书上印上她这家老书店的独特印章，临别时，我们一起留了合影。回到旅游集合地，看着大家高兴地晒着各自选购的大包小包的精美商品，我向旅友们亮出手上的旧书，也是乐在其中，各得其所。

我想，这本书，近百年前，由某个外国人漂洋过海从英国带到意大利；百年后，又由我这个中国人不远千里从意大利带往遥远的东方。这本书与我有缘，不早不晚，它进入了我的眼帘，早一步或晚一步，就会永远错过。真是蓦然回首，那书却在似锦繁华处。

小企鹅归巢记

到达新西兰的奥马鲁小镇，已是傍晚时分，街道上空无一人。我们抓紧安顿下来，匆匆用过晚餐，已是晚上八点半，天已全黑了。按照导游老周的要求，大家立刻奔向中巴车，人一落座，车就开向沿海的小企鹅自然保护区。这片保护区海滩离我们住处不远，大约十几分钟的车程。

小企鹅自然保护区，叫做蓝企鹅保护中心，是一大片被木栅栏围起、建有几栋砖瓦平房的海岸砂石区域。进入保护区后，沿着海岸，在岩石坡两边，搭架起两座阶梯状的木制看台，每座看台可容纳几百人。两座看台中间，四五十米的一片海岸坡地，是小企鹅归巢的必经之路。一片淡黄的灯光，映照着这片起伏不平的海岸，供游客观赏。喇叭里不时地播告着保护区工作人员观测海面的情况，报告小企鹅游近海岸的距离。看台前，一个担任工作人员的志愿者，是个戴着眼镜的中国女留学生，手拿扩音器在介绍、讲解着小企鹅的生活习性和在海里的情况。当然，她也对前来观看的观众提出一些具体要求："请大家关闭相机闪光灯和手机，不能拍照！""请保持安静，不能大声喧哗，以免惊扰小企鹅。""不能阻断小企鹅归巢的路线，不能用手去抚摸或触碰。"

工作人员介绍说，这些小企鹅，也叫蓝眼企鹅，是世界上体型最小的一种企鹅。它们早出晚归，生活很有规律。真难想象，这些小精灵，每天在海里浪里游走的路程竟达六十多千米。我们好奇地打听，怎么知道它们的行踪与数量？怎么知道它们什么时候出现？怎么知道这些小企鹅晚上一定归巢？工作人员解答说，对这片区域归巢的小企鹅，每只身上都放置了遥测跟踪的芯片。归巢的小企鹅，是因为巢中还有它们的小宝宝在嗷嗷待哺呢。

在寒冷的黑夜，潮起潮落，浪花拍击的海边，小企鹅从出水上岸到它们的小巢约有三四十米的距离，摇摇晃晃、颤颤巍巍地爬上岸来，回到它们各自的小巢。这些小巢，有很多是人们为它们特意建造的小小的木盒，这些木盒三三两两错落分布在海岸边的岩石上，被泥土覆盖，露出进出的小门，每个小木盒能容纳几只小企鹅。

寒湿阴冷的海风吹得看台上的游客蜷缩地围成一团，大家抱怨着自己御寒衣物带少了，抵御不住凛冽潮湿的寒冷与海风，但还是不愿离去。至于这些小企鹅为什么到漆黑的夜晚才出水上岸呢？我以为，这是经过多少代进化而形成的动物自我防护，这时候上岸最为安全吧。

晚上九点半左右，播音器里发出声音：小企鹅就要登陆了，请大家保持安静。立刻，看台上的人群变得悄无声息。大家一个个伸长脖子，翘首以望，可是海面还是那个海面，寒风还是那个寒风，哪里见到这些夜归客的身影啊？这时，一个眼尖的游客压低嗓音激动地指着前方的海滩说：看到了！在那儿！大家的目光立刻向那个方向看过去。果然，乌压压的一片小企鹅悄无声息地从海里一下子冒了出来，瞧，它们已经登陆了！这群小企鹅约有四五十只，他们一上岸，就目标明确毫不停息地摇摇晃晃地向岸上的坡地走来，也就是说，朝我们这边看台的方向三三两两、拉拉杂杂地晃过来了。高低不平的海岸岩石坡地很不好走，碰上高坎，有些小企鹅爬上去又摔倒，它们打个滚，再选择其他路径继续往上行走。它们的小巢就散布在看台四周，这群小企鹅，都认得各自回家的路。近了，再近了，小企鹅活灵活现地来到了我们眼前，触手可及，大家屏声静息地观看着，生怕惊动这些可爱的小精灵。这些看似黑白相间的小企鹅，实际上羽毛呈灰蓝色，身躯只有一尺来长，也就是说二三十厘米，体重约有一千克。它们很快消失在人们的视野中，也有几只小企鹅歪歪倒倒地径直走到我们站立的木栅栏前停下来，它们伸长脖子，昂着头，转动着圆圆的小眼睛，在观察着我们，观察了一会，看我们不会伤害它，当然，更抵不住巢中小宝宝的期盼，它终于大着胆子，从木栅栏下方的空隙处钻了进来，晃到我们的脚下。一个可爱的小男孩，十分欣喜地看着从脚下颤颤巍巍走过的小企鹅，可以看出，他是多么想用手去摸摸这可爱的小动物啊，但他强忍住自己，不敢说话，不敢弯腰，屏住气息，让这只小企鹅从身边安全通过。小企鹅穿过我们的脚下，穿过砂石的人行通道，又没入黑暗之中。接着，又从海里涌上岸一波小企鹅，也有三四十只。小企鹅安全归巢了，它们正在哺育小宝贝，享受着天伦之乐，尽其繁衍生息的天然义务。

听工作人员介绍说，在没有建立这片保护区时，有一次，仅仅一只恶犬，跑到这片海岸就咬死咬伤小企鹅一百多只，她的介绍让我们心痛和唏嘘不已。让人欣慰的是，自1992年这个小企鹅保护中心设立至今，从起初的32对企鹅，至今已增加到约2000对。周边的居民，大家自觉自愿地来担任志愿者，或为企鹅捐款、筑巢。

可以说，你只要看到这些小企鹅，就一定会拨动你心中那根柔软爱怜的弦，打心眼里喜欢上这些巧拙可爱的小家伙。人与自然的和谐相处，在今天的世界，比以往任何时候都更为重要。善待他人、善待他物，不去伤害同类和异类，珍惜、保护这些柔弱可爱、憨态可掬的小生命，也就是珍爱人类自身。

书为邻

在我家书柜里，留有一块空间专门存放我的师友所写、所赠的书籍。

这里有我大学和读研时一些先生、老师的著作，先生们的有祖保泉的《文心雕龙》，梅运生的《钟嵘和诗品》，汪裕雄的《美学》，刘学锴、余恕诚的《李商隐诗歌集解》《唐诗风貌》，严云绶的《意象探源》《诗词想象的魅力》，胡叔和的《曹禺评论》，周芜的《中国版画史》，孙显元的《邓小平论》，刘林元的《中国马克思主义的新境界》等。

有我学友或同窗的书作：有丁放和孟二冬、袁行霈先生合著的《中国诗歌通论》，鄢化志的《中国杂诗通论》，朱良志的《曲苑风荷》《八大山人研究》，张晓云的《王国维诗话》，刘锋杰的《张爱玲评论》《想象张爱玲》，黄德宽的《汉语史》《汉语文字学史》，李向伟的《道器之间》及画册，张启胜的《艺术鉴赏学》，吴功华的《桐城地域文化研究》，许春樵的小说《放下武器》，裴德海的散文集《秋尽束河草未凋》，年四杰的《黑土地》等。

有我战友和不同时期一些同事的作品，如温元凯先生的《大趋势》，丁剑欧先生的诗词集，战友李承质的小说《天职》及教育类书籍，任世杰的书画集《走进绿色》，施先明的歌诗集《昨夜西风》，谷成九、张文雅的《灵璧石》，江声皖的《徽州方言探秘》；散文集有彭子威的《文学的风筝》，夏业柱的《本色男人》，晁慧芳的《默默地爱你》，王有卫的《自我教学概论》，王传旭的《思维测量学》，罗运鹏的《国学管理精论》等。

有一些教育界、社科界的学者朋友的赠书，如诗人徐味先生的《云水轩词稿》，台湾实践大学校长谢孟雄先生的《阳光的人生》，北京教委刘也的诗集《今夜月色辉煌》等，还有一些后生才俊赠送的新作，不能一一列举。至于一些"领导"的挂名之作，我则多作清理，卖了废纸。

实话实说，这些书我翻阅不多，没有一一认真研读。对我来说，它们给我的更多是其象征意义。看到这些书，就像看到了我的师长、学友、战友、同事，他们的音容笑貌，宛在眼前。"谈笑有鸿儒，往来无白丁"，对于众师友的学识才华、勤奋耕耘，我为之欣赏，为之歆慕，为之骄傲；也自作惭愧，"侪辈跟随愧望尘"，观其书，是鞭策，是激励，是言志，是传情，是会意，是交谈。

我家书柜里，还有一块专门用于存放我夫人多年来经其手编辑出版的书籍，其中多数书籍为英语教学用书。"可怜年年压金线，为他人作嫁衣裳"，灯光下，书桌旁，旁观的我，对其中劳作的甘苦自然领略殊深。

人生是条不归路，不会重头来过，等闲间，白了少年头。回首蹉跎岁月，莫谈立德、立功、立言，于国、于家无望。好在困而学之，学而不已，学而不厌，一卷在手，与先贤哲人对话，随书中文脉跳动，心游万仞，志通千载。以书为邻，亦师亦友，落它个：看庭前花开花落，望天外云卷云舒，悠哉游哉。

梦　别

　　昨夜做了一个荒诞的梦，梦见我将死去，在安排自己的后事，梦中唯一思量的事就是我的万卷旧书捐献或赠送给谁？梦中的我平静安详，没有遗憾，了无牵挂。梦醒后我把梦境告诉了妻子，妻说，这个梦不好，怎么想到死呢？她还抱怨我自私，怎么没想到还有她和孩子，竟要自己先走？我说：这个梦好啊，梦中的我和梦醒的我都很坦然愉快。至于为什么没有梦见你们，可能是那时你已先我而去，孩子大了，由他自己闯吧。起床后再想，觉得到这个年纪做这个梦挺好，是上苍在点化我呀。既然一生平淡无为，未有大红大紫，不曾大富大贵，那就得直面人生，看淡得失输赢，无怨无悔，解悟生死。梦书者，书，输也，送书（输）出家吧。

　　这一生，阅人无数，交遇过各色人等，经历过一些生离死别，看透看淡了许多；悲欢离合，旦夕祸福，此事古难全。有的人命硬，几番死去活来，真经得起折腾；有的人很脆弱，倏忽之间就灰飞烟灭。记得少年的我，曾从山上滚落，被一位军人从半山腰拦住救起，我摔得头破血流、遍体鳞伤，昏死数小时，至今不知恩人是谁，无以报答。刚当兵时，18岁的我，新兵下到老连队不过三天，就遇上一场战备工地事故，在参与紧张的抢救后，看着我被鲜血染红的衣襟，我日记写道，烈士的鲜血，能燃烧我的心吗？（呵呵，年轻时的我是很革命的！）后来遇到更多的事故（1976年，我曾参与处理了9位死去的战友、工友），我变得冷静和淡定。没想过自己能活这么久，安然无恙。我虽未有九死一生，但也经历过 1 次坠山，2 次溺水，2 次车祸。半辈子厕身官场，眼见不少大小"公务员之死"，见闻几多旧识身陷囹圄，阅人鬼无数，鬼影幢幢，屈指几许？身逢太平盛世，衣食无忧，活着就是赚了，感谢上苍恩惠，还有什么不知足不如意呢。既然好日子、歹日子、甜日子、苦日子，都已尝过，那就应当潇洒点，糊涂点，自在点，快乐点，活得明白，活得洒脱，活得轻松，活得自然。

人总有一死，或重于泰山，或轻于鸿毛，那是从价值观和社会意义上说的。其实大多数人的死，怎可能重如泰山，只会化为一缕青烟，融为一抔黄土。什么是非恩怨、荣辱毁誉，皆过眼云烟。庄子扇坟、鼓盆而歌的境界，我达不到，但塞翁失马、焉知非福的意识还是有的，《红楼梦》的"好了歌"，早就耳熟能详。史铁生说：死是一件不必急于求成的事，死是一个必然会降临的节日。

既然这样，那就珍惜当下，好好地过，好好地活，过好每一天。因为将来我们将离去很久很久。

2012.9

退休感言

说光阴似流沙，那是雅说。大俗的我觉得光阴就像卫生间里使用的卷筒纸，看起来很多，却消耗很快，愈往后用的愈快，转眼间，就到了职业生涯的终点，人到码头车到站，到我下车的时候了。这一生成功也罢，失败也罢，得意也罢，失意也罢，都是过眼烟云，成了过去式。人事有代谢，往来成古今。在时间面前，自然规律对人最为公平，该下的总是要下，该走的终归要走。

我国迅速进入了老龄化社会，我不赞成延缓退休年龄，如今职业岗位是那么紧缺，该让出来让后来者和年轻人上岗。我不是国之栋梁，他们六十左右，步入要津，才刚刚发力。春风得意者，可以转往另一个岗位，再延续它三五年，有个过渡期、缓冲期，避免心理的落差，来个"硬着陆"；未雨绸缪者，在位时，早就谋划好下一步，开始一段新的经营；许多人，退休后，仍老当益壮，尽其所能，在社会发挥余热，这也无可非议；更多的人则是在家庭里发挥余热，含饴弄孙，围绕着下一代，尽着不尽的社会和家庭的义务。

也许我们的人生不圆满，不成功，不如意，不幸福；也许我们活得太累，活得太苦，活得卑微，活得不舒心；但不要怨怼，不要攀比，不要追悔；不要说我们活得窝囊，活得没尊严，活得不值；不必在意个人的荣辱毁誉，不必萦怀人生的得失成败。因为这就是社会，这就是人生，要怀着一颗感恩的心，一颗宽容的心，平和通达地看待社会和人生，别和自己过不去。

杰士急于进取，达人乐在退休。当退休不再是梦，它实实在在地来临时，就该平静、坦然、愉快地迎接它，开始我们人生旅途的新的一站，好好地走，好好地活。天假以年，也许我们还要在这世上度过几年或几十年的光阴。退休对于职业生涯是终点，对于人生却是一个新的起点，要老有所学，学有所乐，要活到老，学到老，快乐到老；日子得一天天地过，要尽量过好每一天，退休生活可以丰富多彩，随意自然，过得舒心、坦然、愉悦；要安度晚年，乐天知命，活得健康，活得快乐，活得充实，活得安然，活得有质量。

2014.5

月 华 如 水

月华如水

  又一个炎热的夏季，烈日炙烤的大地，热浪袭人，许多人喜欢躲在空调房里避过这难熬的夏夜，我却喜欢在夏夜的楼台，沐浴清风，相伴明月，仰望星空，祖裎而眠。

  万籁俱寂的夏夜，对于生活在都市的人来说，如今早已是不可奢求的梦了。不夜城市不眠的夜，来往车辆喧嚣地驶过白日拥挤的街道。夜深了，站在楼台，环顾四周不知何时冒出的一座座高楼大厦，五颜六色的灯光虽熄灭了多半，万家灯火依然亮彻半个夜空。

  天苍苍，夜茫茫，寂寞嫦娥，婀娜飘渺地悬挂在天际，柔美圣洁的清辉永恒地照临大地。古往今来，不知有多少文人雅士，观月、赏月、爱月、问月；不知有多少志士英杰，投身探月、奔月、绕月、登月。千江有水千江月，万里无云万里云，普陀山对联的那种境界和哲思，真是妙不可言。李白"举杯邀明月，对影成三人"，通透寂寞的胸襟，溢满浪漫的孤独。苏轼"但愿人长久，千里共婵娟"，更是情深意长的千古绝唱。《春江花月夜》"江畔何人初见月？江月何年初照人？人生代代无穷已，江月年年望相似。不知江月待何人"，这般绝佳的宇宙人生之问，我想是无解的。

银晖洒地，心静如水，伴着西沉的圆月，不觉睡意渐浓，脑海却浮起儿时的月夜，母亲牵着我的小手，睡意朦胧地深一脚浅一脚地行走在通往外婆家的乡间小路上，小路像曲曲弯弯的银色的河，我们在银色的河上行走；耳际响起童年在月夜嬉戏时唱的那首古老儿歌："黄大月亮黄大狗，揣个铜钱打烧酒，走一路喝一口，问你家黄狗可愿跟我睡一头？"

半树红花委地开

春夏之交，每走到我家住宅楼下，我的目光就会被一片粉红的夹竹桃花所吸引。离墙脚不远，绿树碧草中，一大蓬夹竹桃，枝繁叶茂、数百朵红花争相怒放，如火如荼。

这株夹竹桃，是我亲手所植，说起它的遭遇，还颇为坎坷。吾妻爱花，常买花栽花，而这株，却是她从马路边捡来带回家的。她把这株枯枝败叶的可怜"弃儿"栽种到花盆里，培土浇水，精心养护，回报我们的是它很快抽枝展叶，灿烂地开放。

几年后，阳台上小小的花盆显然已束缚了它的生长，于是我们把它移种到楼下的草坪里，让它植根于土地、栉风沐雨、吸日月之精华。一二年间，它竟然蹿出有一人多高，蓬蓬勃勃。遗憾的是，我们低估了它的长势，它的上部被横空而出的大树枝叶所遮蔽，植物的趋光性迫使它数十枝枝条斜向而出，齐刷刷的向一边生长。

年初，一场多年罕见的暴风雪，压倒了枝条，使它委伏于地；又由于它长得过于茂密，影响夜晚视野，小区保安于是刀砍脚踩，折断了数枝。尽管雪压人摧，春天来了，这株委地于泥淖的夹竹桃，却仍以顽强的生命力再度怒放，一朵朵红花争奇斗艳，煞是喜人。

看着它，我为之赞叹，也为之惋然，如果它不是在路途被人捡起，如果它还在小小的花盆里憋屈，如果它不是被那大树遮蔽，它又会长势如何呢？可是生命啊，能有几多如果、几多选择呢？

《中国电大报》
2008.9.4

美丽的龙爪花

文革初期，我失学在家，如脱缰野马，四处游荡。一天，我独自来到一处废弃的院落玩耍，四周静谧无声，在杂草丛生、人迹罕至的偏僻角落，一株美丽的花朵吸引了我的目光：一支纤细的花茎挺直向上，支撑着半朵残缺的花蕊，鲜艳的红花在静静地开放，细长的花蕊或向天伸展或弯曲垂挂，不知是什么可恶的虫子在它抽枝展瓣时吞噬了半边的花蕊，但它依然美丽的花色与形状却触动了我这懵懂少年的心灵。在那喧嚣狂躁的年代，有生以来，我第一次感觉到了花的美丽娇艳，惊叹生命的顽强和尊严，感觉到静默残缺的美，尽管它是那样的孤寂、不幸且无人赏识。起初，我很想把它挖出来带回家栽培，但手头没有挖土的工具，想用手轻轻拔起，又怕伤害它纤细柔嫩的根茎，担心把它拔断，移动出土会让它枯萎衰落。蹲候在一旁，看了许久，还是不忍惊动，少年的我为了它孤寂的美丽和安宁，只有静静地舍它而去。这株花的模样印在我的脑海里，之后，根据它的形状，我得知，这花可能名叫"龙爪花"。

一晃几十个春秋过去了，万紫千红、花团锦簇的美景，我观赏过无数，却如过眼烟云，不知为何，那株毫不起眼、残缺不全的龙爪花竟然在我的脑海中挥之不去，它花开花落、知会随意，无生之喜、无落之哀，任运自然，仿佛在向我点化着什么。"木末芙蓉花，山中发红萼。涧户寂无人，纷纷开且落。"我庆幸自己在那动荡疯狂的年代发现了美，唤醒了美，领悟到美，心灵深处存留着美。

2009.6.1

挂果的悲哀

在我家居小区的草坪里，一溜排种有几棵柿子树，从不见谁浇水施肥，少有人驻足欣赏留连，它却沐日月之光华，得天地之灵气，细弱的树干在不经意间长粗长高了。几经寒来暑往，风雨相催，厚实肥大的叶片绿意盎然，纤细的枝条竟然静悄悄地挂满了果实，拳头大小，长势可人。

可是好景不长，随着秋风劲吹，青果转黄时节，树的自在安宁被打破了，开始有人在树下张望徘徊；再过了几天，满树的青黄果实忽然不见了，茂密的树身变得稀疏，这边缺了一块，那边少了一片，折断的枝叶垂落在树身和地面，一片狼藉。可怜的柿子树啊，虽在生涩未熟时，却难挡贪婪摘果人；它虽不招摇，却招祸伤身；奉献甘甜，却落得断干残枝；它没有桃李花开、下自成蹊那美的娇艳和赏识，没有蔷薇、玫瑰香艳带刺的自我保护，没有无花无果植物的明哲保身，没有农户人家的悉心看护，遭遇的是那些只贪图其果，而折损其枝，没有培植心，不怀怜惜意的人，只能说是境遇使然，遇人不淑，命运多蹇。

　　大千世界，芸芸众生，有多少默默无语挂果树？有多少无情攀枝摘果人？"高坡平顶上，尽是采樵翁，人人尽怀刀斧意，不见山花映水红"。生而为人，当哀其不幸，悯其无声，怀有感恩慈善之心，树有悲哀，人当何如？

　　年复一年，小区的柿子树还是无声无息地献出那生涩青黄的果实，它不能奢望生长在深山，如"木末芙蓉花，山中发红萼。涧户寂无人，纷纷开且落"；也不敢想像落户于农家院落，沐浴艳阳金风，浑身挂满圆圆的红灯笼，世事（柿柿）如意，给人们送上更多的喜庆和甜蜜。只希望善良的人啊，轻轻地摘走我的果实，莫伤我枝。

山道弯弯

　　说起来，那是十几年前的事了。那天，我们徒步行走在张家界旅游区蜿蜒曲折的山路上。

　　转过一道山梁，在弯弯的山道上，我们前方传来一阵悦耳的歌声。接着，看到山麓的边上站着七八个人，走近前一看，他们围着一男二女在听歌。只见一个二十六七岁农民模样穿着的男子，坐着竹椅，咿咿哑哑地拉着二胡，在一旁伴奏，听起来水平一般。他身旁交叉站立着一大一小两个唱歌的农家女孩，两个女孩身着鲜艳的民族服装，一副苗家姑娘的打扮，十分好看。大女孩中等身材，长得貌美如花，真个是绝色娇娃，细细听来，这姑娘的嗓音不算出色，只能说是一般。这里就要说说那小女孩了，看起来十一二岁，纤细的身躯，一副聪慧姣好的模样，她这一张口啊，就像百灵鸟在山间鸣唱，千回百啭，恰恰啼响，好听极了。有趣的是，这小姑娘一边唱一边还学着大人的神色，挤眉弄眼做着表情，看了觉得好玩，倒也不失可爱。这时，我们身后又走来六七个游客，听他们说话的口音，来自我们的宝岛台湾。他们和我们一样，也立即被这小女孩的嗓音所吸引，他们纷纷解囊点歌，选唱他们喜欢的歌曲，一边啧啧称赞着。这里容我借用一句古诗："此曲只应天上有，人间能得几回闻。"真个是百听不厌。

驻足聆听了一会，我们要继续往前赶路了，耳畔却仍回响着那小姑娘美妙悦耳的歌声："小背篓，晃悠悠……"一路上，我不无遗憾地想着，如果我是某个文艺部门的负责人该多好啊，我一定会把这两个大山里的姑娘带出去，相信这两个姑娘一定会在舞台走红，尤其是那个十一二岁的小姑娘。我甚至武断地推想，如有合适的培养、发展机遇和舞台，这姑娘也许不亚于今天唱红大江南北的李谷一、宋祖英等歌星。

爱才惜才的我，自是且惜且思。由此想到，溪边浣纱的村姑西施为何被千古传扬，而乡野采桑的罗敷，若非文人笔下留录，山村之外又有几人知晓呢？如今在山乡僻野，在基层，在农村，在各行各业，未被发现，或湮没，或自生自灭的人才又有多少呢？

"小背篓，晃悠悠……"有时候，那小姑娘如天籁般的歌声还会在我的脑海响起。

落叶的价值

农历十月，今年的第一场雪来的突然而猛烈，铺天盖地，纷纷扬扬，酿成了百年不遇的雪灾。江淮地区时值初冬，天气尚暖，枝头摇曳的树叶大多还未脱落，这场大雪使气温骤降，树树琼枝玉叶，堆银叠玉，一时间压断了无数枝条，坠弯了多少树干，一些碗口粗细的大树竟然被拦腰折断，或劈裂两半，或歪斜倒地，其毁坏程度实为罕见。据报道，仅合肥地区，被雪灾毁坏的树木达 25 万多株。大雪忙坏了也累坏了这座城市众多清洁工人，他们不分昼夜地不停地击打敲落树枝上的积雪，以减轻负荷，减少灾害。黄山上那株著名的迎客松，支撑起了十二根柱子，鼓风机对着百年老干昼夜吹动，使之幸免于难，而铜陵凤丹乡牡丹园那棵千年的相思古树，却活生生被折断了半树老干。

大雪年年有，雪还是那样的雪，树还是那些树，为何今年出现如此惨烈的毁坏景象？我把它归结到气候反常、树叶未落的症结上。以往年份，经过一段秋风劲吹，寒冬肆虐，树叶几乎脱落殆尽，光秃秃的枝条承受冰雪的重量就减轻了很多。今年不同，这场大雪突然过早降临，雪水成冰、冰雪相催，大片尚未脱落的枝叶冻结成块，使树干不堪重负，终拖累成灾。由此我对落叶的功用有了新的感悟，"落红不是无情物，化作春泥更护花。"落叶是对枝干的最后奉献和保护啊。

时令到了，该落就得落，若当落不落，摇曳枝头，一旦气温骤变，就可能殃及树干，造成毁害。"芳林新叶催陈叶，流水前波让后波"，新陈代谢，除旧布新，万事万物无不如此，大自然的规律不可抗拒。

草木一秋，人生一世，树是如此，人亦相同。谁不自尊自重？谁愿自轻自贱？还是别把自己太当个人物，大千世界，离了谁，地球不是照转呢？世上的事是做不完的，该放手时得放手。"只看后浪推前浪，当悟新人换旧人"，既然我们努力过、奋斗过、贡献过，旅途的风光已经逝去，人生的列车总要有下站的时候；既然我们历经春晖占尽美好，浓荫密布的盛夏，层林尽染的秋光，往下，当是潇潇洒洒的飘落，"挥一挥衣袖，作别西天的云彩"。

韶华易逝，时光催人，我这片陈叶，也该告别枝头，飘落而下了。

2010.4.22

雪原的领头狼

友人通过微信传给我一张图片，立即吸引了我的目光。

画面上，一片茫茫雪野，一只野狼迎着无边的雪原向前奔跑着。岂止是踏雪前进，它是以整个身躯在齐腰深的雪地里，奋力向前奔突、推进着，在它身后，一只又一只的野狼，沿着这只领头狼用血肉之躯、用其生命趟拓的狭窄的雪道，也叫"狼道"吧，一个尾随一个，井然有序地单列行进着、奔跑着。为生存，为自己，也为整个族群，这只领头狼义无反顾地以与其它野狼同样的身躯，极其艰辛地开辟着一条生的通道，把生的希望，活的出路，留给同类。这让我赞叹不已。

想起来，自然界如此，人类社会亦然。历朝历代的开国元勋，我们无数甚至无名的先驱、先烈，我们的祖先，我们的父母，甚至我们自己，不也曾筚路蓝缕，披荆斩棘，程度不同地在社会与人生的荒原上奔突、前进、开拓着吗？前方没有路，生存环境极为恶劣，不能坐以待毙，只有忘我、无我、舍我，只有突破，只有前行，只有牺牲，杀出一条血路，趟出一条生命线，才有活的空间，才有大家的活路，才能开出一片天地，才能走上坦途。

希望我们的同胞，我们的后人，居安思危，能留有这股狼性，这股血性，其实也是人性，好立足于这个社会和世界。

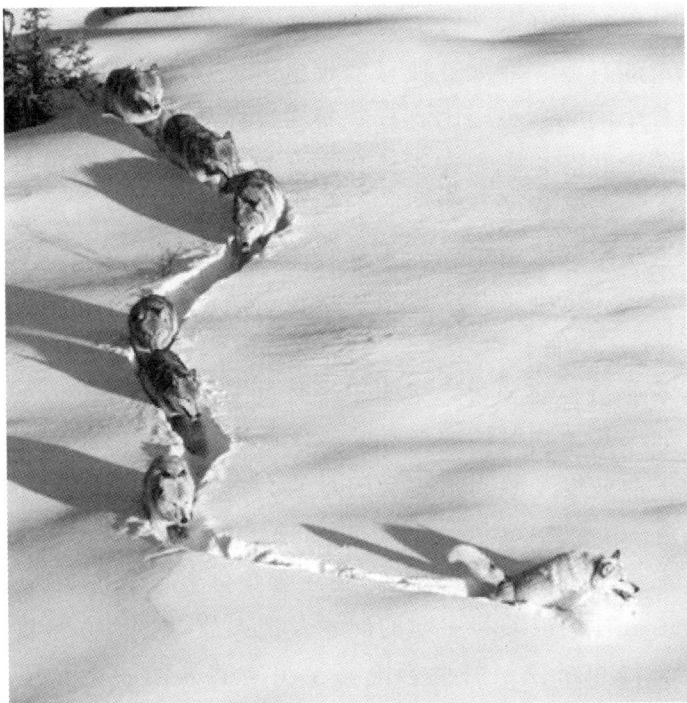

水道里的大锦鲤

某豪华大厦一楼大厅中央有个圆环形大水池，一些漂亮的大锦鲤与众多色彩斑斓的小金鱼，沿着水池的环形水道，周而复始、相互拥挤地向前游动着，吸引了一批批来人驻足观赏和纷纷拍照。

天高任鸟飞，海阔凭鱼跃。这些身价名贵的大锦鲤，却只能身处如此逼仄的水道中，在极其有限的空间一圈一圈、无可选择地游动着，或者说，它们是被迫无奈地生存着。它们硕大的身躯，在如此浅显的水道里，就连上浮下潜，回转翻身打个圈儿，也很困难。置身在这样局促狭小的空间如同处于禁锢状态，它们在不适合自身的环境里，生活得极不舒适自在，极不悠游从容。它们的出路在哪里呢？只要它们置身于这狭窄的水道中，就永远只能无休无止地没完没了地转着小圈子，更别说什么鹰击长空，鱼翔浅底，万类霜天竞自由了。

子非鱼，安知鱼之乐？庄子与惠子论辩的这个古老的话题，如今从动物保护的角度看，这些美丽但可怜的鱼儿，它们的生活处境是颇为沮丧和困难的，善感的我对其寄予怜悯和同情。

锦鲤如此，人又如何？从社会角度看，人是环境的产物，这里有个被动和主动的问题，把人放对了地方，找对发展的平台和路径，将会影响甚至决定着人的一生，反之亦然。个体对社会、环境的压力与不适，可谓比比皆是。人最不堪、最无奈的是，有些时候，有些场合，我们不能掌握自己的命运，无法左右自己，没有选择余地，不能做出自己的决定，只能听之任之，随波逐流，任凭他人或者环境的处置或驱使，甚至任人欺凌宰割。说是扼住命运的咽喉，谈何容易？常言说，忍字头上一把刀，中国文化的"忍"字内涵里，蕴含着世世代代多少人的悲辛与无奈啊。

人生贵在能有所选择，能做出选择，能自主选择，能具有和保持独立的人格，自由的思想。庄子选择曳尾于泥涂之中，就是选择了自由自在。有时候，选择比勤奋，比奋斗更为重要，选对了道路，选对了方向，选对了朋友或伴侣，将决定你的未来人生和发展去向。

二三字一把壶

五十年代初期，父亲在京城古玩店淘了几个物件，一个碗，一把壶，带回家中。父亲的审美眼光和文化情趣，远在我辈之上。

先说碗，是清代景泰蓝的碗，铜胎珐琅掐丝镶嵌，碗的内壁是天蓝色，碗的外侧是黑的底色，二龙戏珠的图案，五彩龙首，黄色的龙身，煞是可爱。祖母不知此物金贵，拿来当作寻常的瓷碗，用它蒸煮蛋羹，一下子把此碗蒸的内瓷纹裂，光彩颇失，品相受损。

壶却是通体黝黑。幼时的我，天生一个顽童，毛手毛脚，把这壶的壶盖多次摔落在地，这物件还真瓷实，尽管壶盖内里摔得多处破损，然而盖上壶盖，外观基本完好，无碍观赏。弹指间，这把壶已伴随了我近六十年，闲来泡茶续水，品茗清谈，清心怡然。

盛世兴收藏，电视上《一锤定音》《寻宝》文物鉴赏节目等，吸引了无数普罗大众，收藏热方兴未艾。别的不提，单说那紫砂茶壶，若出自名家手笔，立马身价惊人。看着电视，我这才仔细端量起家中的这把黑壶：说来惭愧，一壶在手几十载，竟然有眼不识这壶上字，更别说这壶是何质地，出自何人之手，价值几何。君子有终身之痛，慈父在世时，不知聆教讨问，于今追悔莫及。

慢慢打量揣摩，没想到这小小一壶，个中颇有学问。先说这壶的形状，壶盖呈叶片状覆盖，内有印章四字：大木瓜壶。壶的嘴、柄、盖、钮，都是仿真塑型，可谓源于自然，高于自然；而壶型呢，稍一探究才知道，单这壶型古往今来竟有二百多种，我这把壶，称作"美人肩"，很难制作，真个是珠圆玉润，骨肉停匀，堪称壶型里的翘楚。至于是什么质地？壶一般以紫褐色居多，黑色紫砂虽说也有，但其质地区别可就大了。网上一番搜索查看，仍说不出个所以然，只好悻悻作罢，待以后有机会请教制壶师傅吧。

玩赏紫砂壶，推崇的是金石镌刻、书画艺术与紫砂壶艺术的完美结合。这壶上书画是以刀作笔，刀法娴熟洗练，镌刻的是老干新花，栖息着一只鸟，羽毛丰满，工笔细腻，"喜鹊登梅"画面寓意吉祥，整个布局极其自然，栩栩如生。再说那字：这壶上寥寥几字，我竟认识不全，说来羞煞人也。几番揣摩，望文索义，上下两排八字，排列工整，按古文习惯，从右往左读去，上行四字是：香雀助诗，我想，曾有好茶名为香雀，品香茶，助诗兴，颇能说得过去；可这下排四字猜认是：净昏我人，却从语意上怎么也说不通，且这"昏"字下半部不是"日"字，而是个"口"字，这是个什么字啊？翻查了几部字典，均查无此字。既然字典里没有，我想必是异体了，我判定此字是个"舌"字。为此，我不耻下问了，正逢参加省艺术欣赏学会会议，会上书画家、专家教授不在少处，我拿着壶字的照片请教过去，一众文科教授、专家，或书法学博士，围而观之后，或笑而摇手，或敬谢不敏，竟无人识得。一字不识，学者之耻，我得自己考究了。仔细看，原来这"净"字不是"净"，而是个异体的"浮"字，此字认出，换一思路，调整语序，读法也换成先上后下，再从右往左读去，原来是："香浮雀舌，助我诗人"，香茗叶片如雀舌，滚水泡来，清香浮起，一下子就文通句顺、高雅古意了。剩下的就是我对这"舌"字的异体判断必须要验证确切，可我查遍国家语言改革委员会公布的异体字表，竟然没有，是我错了吗？我不相信，反复查看了中国大陆、台湾、日本、韩国对"舌"字的异体写法，终于在台湾的汉字异体字表里，看到了与我这把壶镌刻相同的又一异体写法，果然是个"舌"字。至于题字的落款龙飞凤舞，至今尚无人识得。鉴赏紫砂壶，讲究的是"字随壶传，壶随字贵"，如识得题款，此壶的价值自然就清楚了。我只好留待机缘，求教大家了。

　　仅仅这二三个字一把壶，竟有如许名堂。由此想到，我们不知道的东西实在太多太多，即使是在我们所攻的专业或从事的职业，这与你我的地位、职务、职称没有必然关联，尽管你熟视无睹，即使你司空见惯，如不加以思量考究，你不懂还是不懂，处处留心皆学问，当虚怀若谷，莫翘尾巴，信然也。

2013.12.30

注：

　　这把壶几经周折、多方辨识，其题识与镌刻人为"八缶"，乃江苏宜兴紫砂作品著名雕刻家廖文井先生的艺名。他生前多次与顾景舟等制壶大师合作，其作品基本出口国外，现存世很少。我辗转联系，经廖老先生的女儿廖江玲（现为紫砂壶创作国家级高级工艺师）辨察，确认此壶文字是其老父亲手笔，至于这把壶是何人制作，她难作定论。

一册古帖细辨识

在我年少时，偶然得到一本厚厚的老字帖，不知何人何时写就。这本老帖，经不住岁月的侵蚀，显得颇为老旧，从散裂的册页衬里，能看到一些年代不明的外文老报纸。岁月匆匆，我投笔从戎，又几经辗转，无暇欣赏和寻究这本字帖的来由，一直弃之未顾。转眼间四五十年过去了，虽经十年文革"扫四旧"，又经几次住房搬迁，多次废旧书报的处理，这本老帖竟然留存下来，也算幸事。闲暇之时，静下心来，我才开始细细地打量这本尘封多年的老帖，它虽老旧，但整个册页完整无缺，借助文字辨识和文献研究，经过网络反复搜索对照，我发觉这本老帖原来是初唐时期的《唐等慈寺碑》文，为明末清初版拓本。

《等慈寺碑》又称《等慈寺塔记铭碑》，因碑额刻有阳文篆书三行九字《大唐皇帝等慈寺之碑》，实为碑名全称，至今近1400年的历史。宋代欧阳修《四库全书·集古录》记载："等慈寺碑，颜师古撰，其寺在郑州汜水。唐太宗破王世充、窦建德，乃于其战处建寺，为阵亡将士祈福。唐初用兵破贼处，大抵皆造寺。"此碑为唐太宗诏命于交兵之处、为阵亡将士荐福所刻立的七碑之一，故其历史文物及书法艺术价值极高。此碑石原在河南汜水（今河南荥阳县），碑记唐太宗李世民破王世充、窦建德后在战处建寺，超度阵亡将士之灵，颂扬战功。据宋代赵明诚《金石录》载，该碑成于唐贞观二年（628），碑文楷书，32行，每行65字。该碑出土于清代初年，等慈寺1944年毁于日寇战火，碑石于20世

50年代再遭毁坏，残碑现存于郑州博物馆，因而其传世拓本弥足珍贵。

此碑由唐初颜师古书写，清碑刻学家叶昌炽在其所著《语石》中写道："古人撰碑，皆自书之，凡未书人名者，撰书即出一人之手。如陶长史、寇谦之、唐初颜师古之于《等慈寺》，……皆其类也。"（《语石》卷六）颜师古是著名书法家颜真卿的伯父，学养深厚，擅长书法，书迹流传至今仅余此《等慈寺碑》文。此碑书法传承北魏隋朝遗风，情致飘逸潇洒，在初唐碑刻中风格颇为独特。

对该碑的书法品评，赞许颇多，皆认为是唐代楷书的上乘之作。杨守敬《平碑记》评此碑云：结构全法魏人，而姿态横生，劲利异常，无一弱笔，真堪与欧、虞抗行。王澍《虚舟题跋》评曰：书法绝工，上援丁道护，下开徐季海，腴润跌宕，致有杰思清人。叶昌炽评价曰：唐碑之脍炙者以《等慈寺》及《伊阙三龛》为甲。连一向卑唐的康有为亦论此碑：古意未漓，博大浑厚者。今人或认为，该碑文书法既有北碑遗韵又初具唐楷风范，保持着隋碑的基本特色，既上溯隋、陈、北魏之雅隽，又可下寻中晚唐之婉丽。规整俊秀但不靡丽浮华，笔画流畅而不轻浮油滑，结构严谨，行笔健劲。它结体舒展、字形扁方，点画粗细较一致，气息中和咸宜，既有古朴雅秀之风，又得入规合体之貌，虽有楷法，却有行意，乃是既入俗又脱俗、格调高古之妙品。用笔明净雄健，起收舒锋见神，提按不显，而折角清朗。结体横平扁宽，笔画排列，突出平行映衬的效果。既有茂密雄健之精神，又有匀净精劲之风采。从此入手习楷，堪为书法之范本。

碑文并书法的作者已经清楚，其书法艺术又有一众名家定评，再要了解的就是拓本的版本年代了。经一番钩沉检索，才得晓这百余年来先贤们对《唐等慈寺碑》及碑拓进行了严谨细致的考证与校勘，早有一致的定论，并著录于世。

在断代上，古碑以旧拓为重，有些名家拓本，一字增损，价逾千百。此碑拓本，现今所见最早为明末清初拓。马子云等《碑帖鉴定》曰："此碑拓本，现时所见最早为明末拓。明末与乾嘉间拓本，十三行'此焉总获'之'焉'字未损。二十七行'时逢无妄'四字未损，又二行'奉敕'之'敕'字尚存大半"。马的论述简明扼要，所提出的三个关键字句"焉""无""敕"三字笔画的完好程度，尤其"焉"字，是完好还是左旁少损，以及有无"道光壬午隶书跋"作为界线，成为鉴定此碑拓本年代及时间早晚的重要依据。时人马宝山在《书法丛刊》第四辑曰："此碑明以前拓本未见传世，只见清初拓本，有朱拓、墨拓两种，均为剪装本。"

享有该碑海内第一精拓珍本美誉的陕西宝鸡青铜器博物馆馆藏拓本，为国家二级文物。该拓本的眉批里有这么句话：曰"近拓本'焉'字全泐，安徽蒯礼卿编修藏本仅存'焉'字右半，此本完好无少损，可宝也"。从这句话里，我以为，我手中这个古帖拓本的源流就清楚了，即它与蒯礼卿所藏本有着紧密关联。蒯礼卿即蒯光典（约1858—1912）字礼卿，安徽合肥人，是李鸿章的侄女婿，光绪九年（1883）进士，授翰林院检讨，累官淮扬道等职，通训诂，精目录学，著述颇丰，1895年受张之洞之聘（其编修之职，只能在1895年前），任两湖书院监督等职。如今，这位合肥籍士人的藏本在合肥出现，确切地说，在没有发现其它同样藏本或更精美的藏本之前，不妨可以认为，这就是蒯藏本了。

这真应了那句老话：处处留心皆学问。一部老字帖，其中竟然蕴藏着如此多的文物内容和文化信息，让我从中学到了许多东西。

山重水复

林则徐教子读书做人

民族英雄林则徐虎门销烟，由此揭开近代史上中国人民反帝斗争的第一页。他作为中国近代第一个睁眼看世界之人，其远见卓识，亦为世人称道。工作之余，检读《林则徐家书》"训次儿聪彝"一书，颇有感触，特记之。

通篇观来，此书旨在教子"做人、读书"四字，当时远戍塞外的林则徐，首先告诫居家奉母的次子"当谨守者有五：一须勤读敬师，二须孝顺父母，三须友爱子弟，四须和睦亲戚，五须爱惜光阴。"接着，他非常实际地对其子的资质进行分析，谈及对其终身职业的看法：指出他在三子中"资质最钝"，尽管他已是秀才，但并不希望儿子去谋取高官显爵，林说："余固不望尔成名，但望尔成一拘谨笃实子弟。"身为钦差大臣、封疆大吏的林则徐认为："农居四民之首，为世间第一等最高贵之人，"如果儿能"弃文学稼，是余所最欣喜者。"他希望儿子"随工人以学习耕作，透明即起，终日勤动而不知倦，便是长田园之好子弟。"此种襟怀见识，即使今天看来也是难能可贵。

言及拜师求教、读书向学事，林则徐说：三儿既得名师指教，"若不发愤攻读，太不长进"。至于读书，林指出其子的作业文章虽"文理尚通，惟笔下太嫌枯涩，此乃欠缺看书工夫之故。"要求其子"除诵读作文外，余暇须批阅史籍；惟每看一种，须自首至末，详细阅完，然后再易他种，最忌东拉西扯，阅过即忘，无补实用。"这也道出了时下众多青年学子读书学习的通病。林要求其子在读书时"须预备看书日记册，遇有心得，随手摘录，苟有费解或疑问，亦须摘出，请师讲解，则获益良多。"作为林的心得之言和学习方法，令人足资效法。

细读林则徐教子家书，感朴实无华，亲切自然，十分实际，丝毫不闻官场的公文味和八股气，只有父亲对儿子情真意切的家常话。笔者读之，如同身受，获益匪浅。鉴古观今，林则徐家书当给我等教育工作者和为人父母者些许启迪和借鉴。

青年人，你在走向成熟吗

开国之初的毛泽东对青年人有段热情洋溢的话语："世界是你们的，也是我们的，但是归根结底是你们的。你们青年人朝气蓬勃，正在兴旺时期，好像早晨八九点钟的太阳，希望寄托在你们身上。世界是属于你们的，中国的前途是属于你们的。"这段广为传诵的话曾鼓舞、激励着不止一代青年。

当今社会，日新月异，丰富多彩，生活节奏加快，可以说是年轻人的社会。青年人进入社会面临许多学习、事业、生活的机会，也面临许多压力、竞争和挑战，要学会及时地认识和把握有利的发展机会，锻炼提高自己，走向成熟，以迎接今天和明日的挑战，担当起社会的责任。

人们常用"成熟"二字来评价人之优劣短长，那么怎样才算是一个"成熟"的人呢？可谓见仁见智，众说纷纭，但年龄大小并不是衡量一个人成熟与否的主要尺度。我们这里所说的不是指青年人在生理上趋向成熟，而是侧重从心理和社会的角度来看待一个人的成熟应当具备哪些条件。

一、深思熟虑。必须学会思考，独立思考。人之所以区别于兽，在于他处于社会，是高级思维的动物，思考时理智和情感兼顾。成熟的人具有理智，能控制感情，能在分析清楚后才表达自己的想法和意愿，不是单凭直觉和常识，一味地"跟着感觉走"，有时会借助数据、例证、条件等等去作出判断。

二、情绪稳定。能够自我调节控制情绪的高低，能将不愉快的情绪汇集于直接事情，不迁怒于人，不波及他事。例如：不会将工作上的烦恼不快带回家中，以免不适当地影响周边的人，让别人觉得不安不快。

三、胸襟开阔。不能事事以自己为中心，要学会与人相处。胸腹装四海，大度方雍容。要能接纳不同的或创新的看法和意见。要有大局意识，以大局或整体利益为依归。不能仅仅考虑自己，更应从他人的角度和更高层次去分析和看待事物。

四、有喜报喜，有忧报忧。对于自己的事情和所作所为，要有正确认识和评价，能对人对己负责，能够接受正面和负面的反馈与回输，能够冷静地接受批评与赞扬，忠言往往逆耳，要学会、养成听取不同意见的习惯。

五、分清轻重缓急、优劣得失。能理智地分辨什么是重要的和不重要的事，什么是应急办或缓办的事，做到主客分明，弄清优先次序，学会待人接物，能够冷静而客观地观察和处理事务。

六、路向清晰，目标恒一。有志的青年，会树立远大的理想和志向，确立自己的奋斗目标和努力方向。成熟的人，比较清楚自己的理想与志向，制定长期与短期的目标，不会漫无目的，随波逐流，目光短浅，不会无谓地耗费宝贵的精力和时间。

七、自知自信。人贵有自知之明，知人之明，要学会分析和认识自己，能明晓自己的长短优劣，并能积极地扬其所长，改其所短，从不虚伪矫饰、自欺欺人；成熟的人自信而不自负，懂得学无止境，人外有人。在学习化的社会，任何人都需要不断地学习完善和充实提高自己。

八、真诚待人。与他人建立、维持有"素质"的关系，做到不卑不亢，知道如何适时适当地流露或表达自己的情感和意见，如何在言行举止上表达，对人真诚并不容易。

成熟也有其负面与不足，成熟不是沉重。如消极、沉闷、保守、虚伪、圆滑、世故、缺乏激情、冷漠、骄横傲慢，心计城府深重等，这些需要防止和克服。

2003.3

好习惯 坏习惯

我少逢文革，社会动荡，上山下乡，上学失学，时断时续，勉强读完高中，即投身从戎，虽也勉力向学，但无异于凿壁偷光。幸运的是赶上恢复高考，才认真地上了四年大学。毕业时却身不由己分到机关工作，虽浸染多年，然做学问之心不死，有如官场异类。其间又读了几年研究生，但仍是厕身"衙门"，想要静心做点学问，几无可能，虽手不离卷，但以书报杂志为主。记得少时家父教诲，说报刊是最好的老师，报刊杂志所涉极广，新闻时事、科技文化、政治经济、天文地理、生活常识等，应有尽有，无所不包。我由此养成一个习惯，就是爱读书读报，看到报上有好的文章材料，常常挥刀剪切之，同时又养成一个坏毛病，就是到处摆放。由于无暇整理分类，很少粘贴梳爬，日积月累，家中随处可见断纸残片，万卷书籍胡乱堆积，塞满箱箧，每遇秋风春雨，家中剪报常随风化蝶，满屋飞舞，惹得妻子常有微词。好在虽抱怨有加，然而未经我的首肯，老母妻儿对我的一片纸头、几行草书，也不会擅自轻易处理的。进入互联网时代，我明白：有用是信息，无用是垃圾，可是我的这些"垃圾"还在缓缓地增长着。

三年前，我由机关调往大学，撇下两袖清风和大堆随手剪切的报纸，扬长而去，再不愿回头"收拾旧山河"。没承想诚恳厚道的继任处长，竟然把我留在办公室的成堆"剪切"，塞了满满沉沉两大麻袋，带着人汗流浃背地又给我送来了。我感之受之，但仍然无暇清理。旧的未除，新的又续，我的好习惯还在沿袭，我的坏毛病还在继续。

我深知学术无涯，人生有限，弱水三千，只能取一瓢饮，已是天命之年的我，蹉跎岁月，如此浅薄根底，又这么博而不专，兴趣庞杂，浅尝辄止是做不成学问的，然而抛却名利之心，与书报为友，读读看看，剪剪贴贴，倒也乐在其中。屈指算来，如果正常的话，我的工作年限不过十年，待到退休时刻，我更可逍遥自在地读书看报，间或涂鸦几笔，品人间百味，学渔樵唱晚，乐得静下心来，望天外云卷云舒，看庭前花开花落。只是到那时候，可能我的好习惯还会延续，但愿坏习惯能好好地整治整治。

谈谈"混文凭"

逢人问及，"最近你在干什么？"常听到有人回答："上电大，嘿嘿，混个文凭。"成人嘛，自我感觉老大不小的，这时候说上电大，兴许有些不好意思。

说自己"混"，那是低调，是自嘲，是调侃，是掩饰，是半真半假，是有真有假，是自我保护，是以退为进。"混"是一种模糊说法，一种谦恭的态度，一种尝试的心理，一种朦胧的评价。分析起来，有其积极因素，有其消极方面，反映说者有些心中无数，底气不足，缺少把握，少了点自信，多了些掩饰。电大的学习者是有自知之明的，他们的学习是自觉自愿的，是一个自强不息、不甘落后，积极向上、奋发有为的社会学习群体。

电大求学者对自己的学习目的与动机，对自我的认识与评价大多是比较明确清醒的，他们认识到自己的不足，困而学之，希望适应社会的发展与需要，更新知识、增强能力、提升自己，真正学一点东西。鲁迅说得好："不满是人类向上的齿轮。"任何人希望通过学习来提高自身价值，改变处境的要求，都应当受到我们社会的肯定、鼓励和支持。当然，还需要进一步端正学习动机，调整学习行为，保持求学上进的动力和昂扬奋发的状态。

数百万电大求学大军汇成一股学习大潮，这本身就是现代社会教育的一大奇观和壮举，其中难免大浪淘沙、鱼龙混杂，确实有人想混，有人不想混，有人确实是因为基础差、底子薄，学习不适应而"混"（不过，这正说明目前的远程开放教育，距离让任何人在任何时间、任何地点学习其所需要的任何课程的理想教育目标，还有相当的差距），但求学求知、积极向上的愿望始终是电大学习者的主流和不竭动力。电大的求学者遍布各行各业，他们来自社会，来自基层，置身于实践之中，积极进取，学以致用，其中不乏生产、管理、技术的优秀分子，佼佼精英，电大学人可谓人才济济，卧虎藏龙。

"电大"好学或好"混"吗？"混"字带有三点水，就不能站在岸边不湿脚，总得到河里扑腾几下，也许还要呛几口水，由不会游泳到学会游泳。至于才下水，就吓得爬上岸，再不敢沾水，那就学不会游泳，是混不下去，学不好的。借用电影《士兵突击》那句经典台词（班长老马说）：你现在混日子，小心将来日子混了你。

从混到不混，有一个过程，需要沉下心来，来点真格的，下点真功夫。不经一番风霜苦，哪得腊梅放清香。一分耕耘，一分收获。几年风雨寒暑的学习过程，平时的晚间学习和放弃节假日，一次次考前的辛苦准备，考试的紧张劳碌，一回回排除干扰和诱惑，学习与工作、与家务、与生活的矛盾，会不断出现，经常处理。加上电大严格的考风考纪，和不断完善的学习质量保证与监控制度，没有点自找苦吃、自我加压、勤奋学习的心理准备和知难而进、努力奋斗的精神，还真不那么好混，更别说还有时间、精力与金钱的付出。

在信息"爆炸"、竞争激烈、知识经济社会的今天，要立足社会、站稳脚跟，唯有学习学习再学习。电大的学习尤其强调自主自立，在学习中树立自信，在知识中获得自尊，摸索学习方法、养成自主学习的良好习惯、灵活韧性的学习精神。学会学习，学会思考，才能学以致用。一纸文凭、一个学历代表不了什么，也涵盖不了电大学习者的精神境界与丰富内涵。

人生"三百六十五里路，从少年走到白头"，我们的基础可能并不牢固，迈出的步履也许并不坚实，但只要目标明确，真诚勤奋，谁也挡不住我们前进的脚步。我们自强不息、与时俱进，电大的莘莘学子一定会对得起自己和亲人，无愧于今天的时代和社会。

《安徽电大报》

2008.9.15

谈舍近求远

舍近求远，是描述人们对于地理空间的一种选择状态。人们通常在运用时，往往带有贬意，形容或评论某人做事走弯路或追求不切实际的东西。

最近，居家附近的立交桥在维修，很多车辆被迫改道，我每天上下班的必经之路顿时变得拥堵起来，尤其在三岔路口。聪明的驾驶员在长长车流的焦急等待中，脑瓜一转，干脆照直前行，转了个小圈，再折回头，从而避开大批拥挤的车辆，也节约了时间，这真是"舍近求远"，改变了"欲速则不达"的状况。由此我想到，舍近求远，有时未必不好，在某种环境或状态下，却是一种选择和处理问题的思维、方法和路径，只要目标明确、方向对头，路远一些没有关系。

记得改革开放之初，全国恢复高考，荒废十一年的几千万历届毕业生，开始了"千军万马过独木桥"的高考激烈竞争。那时的考试复习资料稀罕至极，远甚于传说中的"洛阳纸贵"。一个周末，我走在街头，看到一列蜿蜒曲折的长长的排队，竟然从市中心的新华书店，一直排到省政府对面的花园路，少说也有几百米长，而后面排队的人还在迅速增加着。赶忙上前打听，原来是新华书店到了一批文革前出版的"中学数理化复习资料"，真是难得。我想排队，看来排上几个小时的队，也未必轮得到我，更糟糕的是这书可能会卖完。灵机一动，我跨上单车，直奔十多里外的郊区新华书店，果然那里门可罗雀，不到半个小时，我如愿以偿地拿到了这套新书。

再举一例，一位23岁的黑人青年，大学毕业后，在纽约曼哈顿的一家咨询公司找到了一个颇为不错、前景看好的白领职业，但他的志向却是做一个前途未卜、无人看好的社区工作人员，改变社会对黑人的歧视。经过一段痛苦的思索和抉择，这个青年破釜沉舟地向公司辞职。随之而来的是他的失业、再失业，有时"没有收入，只能喝罐头汤"，他遭遇了人生的希望、失望、绝望，但他坚持"追随内心的选择"，朝着自己向往的方向埋首前行，在基层从具体细微的小事做起，为他的人生积累了终身受益的有形、无形的财富和经验，这个舍近求远、志向远大的青年，25年后，成为举世闻名的美国历史上第一个黑人总统——奥巴马。

在战争中，长途奔袭、迂回作战，大踏步前进，大踏步后退的成功战例很多，就说著名的"四渡赤水"，今天的史学家们将红军的行军路线图还原出来，标注的线路如同一团乱麻，那是一段多么艰难卓绝的生死周旋过程啊。生活中，这样舍近求远的事例同样很多，小到日常生活，大到事业发展，我们常常可能遇到。是顾及眼前利益还是放眼长远，前途莫测，有时需要做出判断、下定决心，进行选择与取舍。目光短浅、胸无大志、安于现状、不思进取者，往往图近弃远，安近畏远，畏惧风险，很少会舍近求远，未雨绸缪。

有时换一种思维，会如何呢？

读还是不读

读还是不读？这是个问题，一个类似困惑哈姆雷特的命题，如今也在困扰着你我。

我们这辈子人，从几近毁灭中国文化的"文化大革命"，到改革开放，知识爆炸，海量信息涌现。读书，看报，上网，读屏，整日应接不暇，人像手机似的，需要不断地充电，说是日新月新，与时俱进，却觉腹内空空，渐行渐远。

从学而优则仕，到文革前的"学会数理化，走遍天下都不怕"，到文革期间狠批"读书无用论"，再到改革开放新的"读书有用论"，都说要读有用的书，问题是什么才是有用？什么是无用？君不闻，在信息社会，有用是知识，无用是垃圾？

古希腊阿波罗神殿有句名言："认识你自己。"你是谁？是啊，我是谁？人生的脚步匆匆，随波逐流，人生角色的定位，如不系之舟，难以把握。自许为一介书生？一个文化人？一个知识分子？一个曾经不入流的官员？一个不学无术的学者？一个有效无效的管理者？皆似是而非。君不闻，百无一用是书生。对自己，我就贴个标签，勉强算个"读书人"吧。可叹这一语成谶：这一生，算是孔夫子搬家——尽是书（输）。

读了一辈子书，我懂得尽信书不如无书；懂得纸上得来终觉浅，绝知此事要躬行；懂得不能死读书、读死书、读书死；学无止境，学海无涯，一辈子绝然是读不够、读不懂、读不深、读不透的。陈云说：不唯上，不唯书。拜伦说：要有独到之见，必须多思少读。卡恰尔则反对一切知识皆有用的观点，认为无用的知识即使不占据大脑的空间，也占用了宝贵的时间。鲁迅先生从字里行间看到了"吃人"二字。我们呢？要通晓万物，邃密群科，穷究事理是不可能的，一尺之棰，日取其半，还万世不竭呢。要世事洞明，人情练达，要练就炉火纯青的金刚不朽之身，也是我辈难以做到的。掰着手指头，我们能算出自己一生中有过多少个豆腐渣工程？我们是否也像寓言里的毛驴，踌躇如何吃身边的这垛子还是那垛子干草？

　　读书使人进步，读书也使人迂腐。读什么？说要读好书，一本好书，是良师益友，是知识源泉，是一生财富。什么是好书？读经典，读畅销，读有用，读专著，皆见仁见智；至于如何读？因人而异，其中学问可谓大矣，是博与专并取，采百花酿蜜，还是掘地及泉、铁杵磨针、滴水穿石？是精读、泛读、细读、略读？是随心随性的读，针对性的读，选择性的读，实用性的读，批判的读，思考的读？

　　少年时，我们信奉：读万卷书，行万里路。有益身心书常读，无益家国事莫为。如今，交通便利，资讯发达，咫尺天涯，鼠标点击，即连接世界，遍知天下事。进入终身学习的学习型社会，活到老，学到老，学习伴随终生。所以，书是肯定要读的，不读不行，读也不行，不行也读，且读且行。我曾诌诗曰：一生惟欠读书债，债台高筑是难奈，还得冬去春又来，尝尽甘苦方自在。说的是没有功利心，没有浮躁气，远名利、守寂寞，淡泊清心，与世无争。

　　读书是学习，读书是需要，读书是生活，读书是消遣。那就读吧，不过，你我得经常琢磨读些什么，如何去读？

现在的答案是不能

最近，有人问及：能否在华盛顿特区的公立学校获得与奥巴马女儿就读的私立学校同样的优质教育，这位曾以"我们能"的自信话语传遍全球的美国总统，只能老老实实地回答："我不瞒你，现在的答案是不能。"奥巴马女儿就读的私立学校，12岁的玛丽娅学费是3.2万美元，9岁的萨沙学费3.1万美元。

谈到教育的公平、公正性，为广大社会成员提供和享受同样的优质教育，在我国这个城乡差距巨大、地区发展不平衡、教育机会不均等的人口大国，目前是一个时髦、理想、需要付出极其艰巨努力方能逐步加以改善的话题。

奥巴马提议，把每个学年延长一个月。他在广播节目中说，这一个月相当重要。他认为，中国、印度以及其他快速发展的国家的学生已经开始把美国学生远远抛在后面。

其实，我国的许多学校同样问题很多。比较我们的许多公立、私立学校，偷工减料，偷工减时，挤占教育资源的现象，比比皆是。大中小学校超载的状况司空见惯，按规定，一个中小学班级的学生数不应超过45人，而我们有的学校班级竟能容纳到七八十人，严重影响着教学质量。就拿大学来说吧，一入学军训就占去了十天半个月（更别说，这种军训有的甚至从小学开始，初中、高中，再到大学，反复队列训练，有这必要吗？这军训时间前后加起来，快和我这曾当兵的队列训练差不多了），还有一些社会活动，占去若干时间，加上一些内容交叉重复的课程（一度有的学校公共课、思政课程竟开设十多门），外语学习的比重失调，美其名曰的实习实训，用去半学期到一个学年的时间。有的缺乏组织安排，甚至干脆对学生放羊，让其自找门路。正常的教学计划经常压缩、随意调整，用于专业课程的时间十分有限，最后的一个学期或甚至一个学年，学生又得为找工作谋划，难以安心向学。一个专科阶段2年或3年学制，实际所学专业课程不足1.5年或2.5年，一个本科阶段，实际学习期限，满打满算，不足3.5年，总教学时间大打折扣。教育质量怎能不受影响？培养出来的学生怎能不缺乏竞争性和适应性？这些被压缩、占用的时间，减少了办学成本，降低了教育教学质量，有谁过问？校方堂而皇之"偷窃"的这些教育时间都去哪呢？即使不上升到国家发展的战略高度去看问题，须知这些至少也是学生付出的真金白银啊。这个美国总统所关注的"小问题"，恐怕连我国的一个县的教育局长也不会过问吧。我们的学校，我们的教育部门是否该正视这些问题，珍惜教育资源，别再过多占用学生的学习时间了，把宝贵的时间还给他们吧。

2010.10.9

米歇尔为何走访成都七中

原美国总统奥巴马的夫人米歇尔，是个颇有个性和影响力的女性。中美建交已30多年了，美国第一夫人随同其夫访华的先后也有25位，但"孤雁单飞"中国，作为推进"柔性夫人外交"的使者，米歇尔访华的时机与在华活动所传递的信息，却值得解读。米歇尔祖孙三代举家访华，传递着重视和赞赏中华文化，重视家庭亲情和睦，关注子女教育、尊老爱幼的中华传统价值观；访问北师大附中学习中国书法和太极拳，参观和游览故宫、长城、兵马俑等，传递着欣赏悠久的中国历史，体验灿烂中国文化的信息。彭丽媛书写题赠的"厚德载物"四字，既寓示中华文化的源远流长、博大精深，也蕴含着理解与包容、和谐共处、勇于担当，打造中美大国新型关系的寄望与深意，诚如习近平总书记所说：宽广的太平洋两岸有足够空间容纳中美两个大国。

米歇尔此次来华，白宫官方网站专门开通她的访华专题网页，米歇尔在华期间每天更新旅行日志，发送视频和照片，并在线回答各地学生提出的问题，和学生对话，在线访问量达到10亿人次，昭示着社交活动、文化传播和教育方式的重大而深刻的变革。

那么，米歇尔此行选取走访成都七中意味着什么呢？新闻媒体对此解读不够，社会各界也反应不多。选择这一学校是因为该校在我国率先成立了高中学历远程学校，在四川农村因开展远程教学而声名远播。他们利用卫星和计算机网络技术将本校的课堂教学和视频材料同步实时地送往远端学校，使异地的学生能够实时地参与成都七中的课堂教学活动，分享优质教育资源，实现双向交流与互动。这个远端教学协作，涵盖云、贵、川、渝、陕五省的182所高中，400多个班级的4万多名学生。米歇尔在七中的演讲，通过技术手段传播给中国西南地区的学生。成都七中还是奥巴马政府推动"十万强"系列教育计划中美学生峰会西南区的唯一协办方，该计划在未来四年内将招揽十万名美国学生来华留学，以扩展、加深中美之间的沟通和理解。

信息技术的飞速进步与推广应用，对于改变人们的生产生活方式所发挥的作用日益凸显，对于我国政治、经济、教育、文化和社会生活各方面的影响，可谓意义深远。目前中国网民已迅速超过6亿人，手机用户达到5亿多人，远程教育是现代教育不可缺少的组成部分，它在终身教育、全民学习的社会中的作用尤为显著。笔者最近参加远程教育国际论坛，我们看到在高等教育界，"逢人不谈慕课斯（Moocs），纵说教改亦枉然"，大规模视频公开课和国际优质教育资源的免费传播，对我国大学教育的冲击和影响不容低估。在新一轮信息技术进步浪潮的推进下，"大学已死，大学永存"的争论发人深思。面对技术应用于教育和其他社会领域的新形势，我们要有清醒的认识，数字化鸿沟并非天堑，不可逾越；教育国际化的趋势和本土化对策，改革开放与教育主权，教育机会与教育入侵之争在走向深入，机会与挑战都在眼前。

交流、合作，是当今时代发展的潮流，东西方文化的融通与碰撞不可避免，无论是哪个国家和民族，谁也不能离开世界文明大道踽踽独行。我们可以看到中美之间的双向交流、合作与互动将在更广阔的范围和深度进行。

从打口哨说起

随意翻阅报纸，《人民日报》的一篇报道吸引了我的眼球，题目为《西班牙戈梅拉口哨语言》，说的是西班牙戈梅拉岛多山、多峡谷，以前交通工具和通信方式有限，口哨语言适应岛民的交流需求而生，每当海盗来袭，岛民用口哨传递消息，几分钟内就能传遍全岛。口哨语言作为戈梅拉人生活中较远距离特殊而重要的交流沟通方式，自古流传至今。

然而现代技术的发展却给口哨语言带来续存危机。由于有了电话、汽车、公路，游客涌入、原住民移居，此地口哨语言逐渐式微。上世纪80年代初，一位叫奥尔蒂斯的先生自告奋勇，到戈梅拉的学校教孩子们吹口哨，传承口哨语言，这一举动得到许多学校和学生家长的支持，口哨语言成了孩子们的一门选修课。上世纪末，当地议会通过决议，口哨语言成为戈梅拉中小学学生的必修课，学生每周须接受至少半个小时的口哨语言教学，目前该岛35岁以下的年轻人基本上都接受过这项教育。戈梅拉岛政府还开办一个官方的口哨语言学校，每年拨专款进行口哨语言的保护和宣传，提供免费教学。该地政府还组织成立戈梅拉口哨语言技术委员会，专门负责口哨语言的学术研究和教学推广。鉴于戈梅拉口哨语言特殊的历史文化价值和其所展示的人类的创造力，联合国教科文组织2009年把戈梅拉口哨语言列入人类口头和非物质文化遗产代表作名录。"申遗"成功后，戈梅拉口哨语言的名气大增，成了戈梅拉人的文化象征和该岛旅游推介的主打品牌，该地政府还计划到中国举行专门的口哨语言推介会。

说到打口哨（也称"拉口哨"），在历史悠久的中国，古已有之，代有其人，其技艺绝对不在戈梅拉口哨之下。这里说个历史小故事："竹林七贤"是魏晋时期的一个文化符号，七贤之一的阮籍，就身怀打口哨的绝技，按当今说法他称得上是声乐演奏家。据说，他打起口哨来，能传出好几里远，他很以此自豪。阮籍听说苏门山有位隐士高人，便进山找他切磋，阮籍先是说些玄学哲理方面的问题，可人家根本不搭理。于是他转换话题，谈起养生导引什么的，说得口干舌燥，人家还是爱理不理。没办法，阮籍拿出他的绝活打口哨，这人听了一遍，这才淡淡的说：再来一遍。阮籍一下来了精神，卖力地吹了一遍，可人家又不吭气了。阮籍好不扫兴，只好怏怏辞别下山。当他下到半山腰时，忽然听到山顶腾起一派乐声，"如数部鼓吹，林谷传响"，数部鼓吹，那如同是一个乐队在奏起；林谷传响，那是声音在森林山谷中传响回荡啊！阮籍抬头一看，原来是苏门隐士在山顶打起口哨来，阮籍这才意识到山外有山，人外有人了。

再说一篇关于《口技》的经典古文，明末清初的这篇文章曾被我国中学语文课本中选用多年，其文十分洗练传神，寥寥数笔，把一位民间艺人口技演绎得绝妙高超，描写得出神入化。听众被口技者的精彩表演所深深吸引，众人凝神谛听，完全进入忘我境界，场景描写得惟妙惟肖，如临其境，如闻其声，极为生动传神、形象逼真。

他山之石，可以攻玉。由打口哨、口技想到，我们对传统文化、民族文化、民间文化重视不够，未能传承、保护下来的不少，失传、湮灭的太多，不由深为惋惜。由戈梅拉的口哨语言——地方中小学生的必修课的开设，我想：这对我国学校课程设置视野与思路的拓宽，对我们教育教学与文化传承传播的意义，是否值得我们思考，有所启迪呢？我们需要发现和支持一些传统文化的喜爱者和热心人，从教育入手，从娃娃抓起，学校和地方政府给力，对学校，增加一些课程设置的灵活性、特色性、自主性、地方性与趣味性，增强课程内容的文化性、文化传承的自觉性、技艺传授的功用性，这对我国传统文化、民族文化、民间文化、民俗文化的保护、挖掘十分有益，给地方教育部门和学校在课程设置、教学内容、教材选用等方面多一些选择权、自主权，岂不是更好吗？

刊载于 2013.9.26《新安晚报》

广陵一曲成绝响，天不能死地难埋

竹林七贤被人们视为魏晋时期一个独特的文化群体，中华文化的一个特别符号。从表象上看，任情和率性似乎是他们的共同特征，表现这一特征的，是谈玄、弹琴、喝酒。

说到弹琴，就得讲讲嵇康弹琴及《广陵散》曲。

《广陵散》，被称为中国十大古典名曲之一，古文献有着不同的考证和评论。宋王应麟《困学纪闻》说：嵇康的《琴赋》：曲引所宜，则《广陵》《止息》。今以《选》考之，《广陵》《止息》，皆古曲，非叔夜始撰也。就是说，其实《广陵散》只是一首古曲，并非嵇康所创。韩皋说：嵇康为是曲，当晋魏之际，以魏文武大臣败散于广陵始；晋所暴兴，终止息于此。这就赋予了嵇康弹奏《广陵散》的深刻的社会政治含义。顾况《广陵散记》则完全从乐曲角度提出不同看法。云："曲有《日宫散》、《月宫散》、《归云引》、《华岳引》，然则，'散'犹'引'也，败散之说非矣。"

《世说新语》：嵇中散临刑东市，神气不变。索琴弹之，奏广陵散。曲终，曰："袁孝尼尝请学此散，吾靳固不与，广陵散于今绝矣！"说的是，公元262年8月的一天，嵇康被带到刑场。面对即将来临的死刑，嵇康镇定自若，神色泰然。他回头看看日光下自己的身影，见行刑时间还没到，就要来一把琴，弹奏起《广陵散》来，一曲奏毕，仰天长叹："先前袁孝尼想随我学这支曲子，可惜我没传授给他，《广陵散》从今以后要成绝响了！"说完，引颈受刑，"海内之士，莫不痛之"。一代名士嵇康极其悲壮潇洒地走完了40岁的短暂人生，他给世人留下的是千古绝响和对独裁暴政不屈的抗争，《广陵散》从此失传。这个故事，广为传颂，嵇康高亮正直的人格形象，受到无数志士仁人的推崇景仰。《五杂俎》（《卷八·人部四》）评论说：人须到得死生不乱，方有着脚地位。信也。

关于嵇康弹琴及《广陵散》，有嵇康不怕鬼、不信邪的不同说法。

一说：嵇康灯下弹琴，忽有一人长丈余，著黑衣革带，熟视之。乃吹火灭之，曰："耻与魑魅争光。"（《太平广记》引《灵鬼志》）祛除其神秘的神话色彩，我以为，"耻与魑魅争光"的实质是，嵇康耻与鬼魅为伍，人即鬼也，不愿与那些冠冕堂皇、满嘴仁义道德，内里龌龊的无耻之徒同朝为官、同流合污、沆瀣一气。与此传奇异曲同工的是，成都新都宝光寺大雄宝殿有一联云："退一步看利海名场，奔走出许多魑魅；在这里听晨钟暮鼓，打破了无限机关。"撰此联者，非厕身官场，历经坎坷世事，难有此深刻见地。百鬼狰狞，上帝无言，说的就是此意。对于人鬼的看法，佛道各界竟所见略同。

一说：嵇康到洛阳西游玩，晚上宿于华阳亭。朗月清风夜，嵇康在亭子里兴致勃勃地弹琴，飘然走来一位身着古装的人，与嵇康谈论音乐。这位不速之客谈吐非凡、见解深刻，让嵇康钦佩不已。来人谈得兴起，要过琴来弹奏，只听这曲子铿锵有力、慷慨激昂，令人闻之热血沸腾。来人弹完后告诉嵇康，此曲叫《广陵散》，表现的是聂政为父报仇，刺杀韩王后自刎的悲壮故事。嵇康很感动，觉得"此曲只应天上有"，向来人求学，此人没有拒绝，倾心传授。待他看到嵇康已学会时，要求嵇康保证不传世人。嵇康立誓后，来人飘然离去。

一说：嵇康尝行，去路数十里，有月华亭。投此亭，由来杀人。嵇康心中萧散，了无惧意。至一更，操琴先作诸弄，雅声逸奏，空中称善。嵇康抚琴而呼之："君是何人？"答云；"身是故人，幽没于此，闻君弹琴，音曲清和，昔所好，故来听耳。身不幸非理就终，形体残毁，不宜接见君子。然爱君之琴，要当相见，君勿怪恶之。君可更作数曲。"中散复为抚琴击节曰："夜已久，何不来也？形骸之间，复何足计？"乃手击其头曰："闻之奏琴，不觉心开神悟，况（恍）若暂生。"邀与共论音声之趣，辞甚清辨，谓中散曰："君试以琴见与"，乃弹《广陵散》，便从受之，果悉得。中散先所受引，殊不及。与中散誓：不得教人。天明语中散："相遇虽一遇于今夕，可以远同千载。于此长绝，不能怅然"。

这后两则传说，把古曲《广陵散》的来处赋予了浓郁的神秘色彩，描况了嵇康非凡的胆识、坦荡的胸襟，心中无鬼不怕鬼，也反映了嵇康过人的艺术才华和极深的音乐造诣。

逝者长已矣。东晋画家顾恺之曰：画手挥五弦易，画目送归鸿难。所谓丹青难写是精神，信也。

注：

《五杂俎》，明代谢肇淛撰。《卷八·人部四》：老氏之说，终是贪生；释氏之说，终是畏死。人须到得死生不乱，方有着脚地位。宋僧有云："古人念念在定慧，临终安得而乱？今人念念在散乱，临终安得而定？"此格言也。

风花雪月说大理

说到大理，人们首先想到的是苍山洱海和崇圣三塔；说到风花雪月，我们想到的也许是男欢女爱，放浪行为，也许是四时景色，风光不同。可是当你来到大理，下榻于古城的风花雪月酒店，漫步在民居里巷，看着许多寻常百姓人家白墙照壁上黑白水墨的"风花雪月"四个大字，却不能不感受风花雪月的美好景致，难以忘怀风花雪月的美丽传说。

"彩云之南"的大理，一年四季，风景如画，在众多风景名胜之中，以风、花、雪、月四景颇负盛名。据说这里的白族同胞有首世代传诵的谜语诗：虫入风窝不见鸟，七人头上长青草，细雨下在横山上，半个朋友不见了。谜底即风、花、雪、月。

常言说，女儿如花，白族姑娘喜欢被人们称作"金花"。导游姑娘告诉我们，这些美丽的金花所戴的民族头饰叫做包头，她们的头饰蕴含着风花雪月的寓意：白色的帽顶象征着高高苍山上的皑皑白雪，帽檐上刺绣的朵朵花儿代表花的烂漫艳丽，半月形的头饰象征着一弯明月，而垂挂耳际的雪白帽穗迎风飘拂，自然意味着风。好个风花雪月的绝妙一说。

而今流传最广的说法是：1962年著名作家曹靖华游大理，对这里的风花雪月四景感慨不已，遂赋诗联一首：下关风，上关花，下关风吹上关花；苍山雪，洱海月，洱海月照苍山雪。风花雪月之说由此一时盛传。

具而言之：风是"下关风"。下关是今大理市政府所在地，大理建在一个坝子上，面临洱海，背靠苍山。苍山连绵，海拔两千多米，峰高四千米，像一扇巨大的屏风，北头上关，南头下关。下关位于苍山与哀牢山相接的峡谷口，从海子涌来的气流，奔下关而入大理，如同高楼间的巷道，穿堂风常年不断。进入盆地的风，在高大的苍山阻挡下，带着水气上行，升啊升，形成了云，云随风起，聚散开合，变幻无穷。所以，下关的风四季不断，大理的云七彩斑斓。

关于下关风，有个美丽的传说。说是在苍山斜阳峰住着一只千年白狐，她爱上了下关一位白族书生，于是化作女子与书生相爱，这事被洱海罗荃寺的法师发现，他便施法将狐女打入洱海。书生为救狐女，去南海求救，观音给他六瓶风，让他用瓶中的风将海水吹开以救出狐女。当书生带着六瓶风回到下关天生桥时，遭法师暗算，跌倒在地，打碎了五瓶风，于是大风汇聚到天生桥上，故下关风特别大。远眺洱海对岸山坡上的一台台转动的风车，听着这个有趣的传说，我想，现在我们的许多城市雾霾笼罩，有人甚至动议如何形成风道，吹开城市的漫天尘雾时，不由莞尔一笑：何时借得下关风，吹去雾霾见青天？

花是"上关花"，上关位于大理苍山云弄峰之麓，传说上关曾盛产奇异的龙女花，在关外花树村有棵花树叫"十里香"，说是吕洞宾所种，花大如莲，每年开12瓣，逢闰年开13瓣，花色粉白相间，美丽诱人，花之果实黑硬，可做朝珠，因而又叫朝珠花。清代晚期，由于来此游玩赏花的人太多，特别是官府的达官贵人到此赏花，都要当地民众招待，白吃白喝，民众不堪重负，竟忍痛把花树砍去。其实上关花就是木莲花，此花在大理境内随处可见。一说所谓的"花"，指的是上关的"金花"，因为上关是白族同胞居住地，这一带同胞擅长工艺，白族姑娘的衣饰尤为绚丽，宛若鲜花。

雪是"苍山雪"，说的是冬天降雪，很少会下到坝子里，而苍山顶峰却积一片皑皑白雪，任艳阳高照，山顶的银白也不见消融。关于苍山雪，流传着一个传说。说是古代有瘟神在坝子中横行霸道，使百姓"十病九亡"。有白族两兄妹为拯救苦难百姓，向观音学法，归来后将瘟神撵到苍山顶上，让大雪冻死。为了让瘟神永不肆虐，兄妹俩变作为雪神，永远镇住瘟神，于是苍山就有了千年不化的白雪。实际上是因为苍山海拔太高，山顶气温低的缘故。

月是"洱海月"。每到农历八月中秋晚上，洱海岸边的白族人家都将小船划入洱海，欣赏天际和影映在海中的金月亮，年轻的姑娘小伙子对歌唱和，天光云影，金月银波，海天相连，形成一幅绝美的画图。关于洱海月，流传着仙女下凡的故事。传说天宫中有位公主思慕人间的美满生活，下凡到洱海岸边，与一个渔民成婚。公主为了帮助渔民们过上丰衣足食的生活，把自己的宝镜沉入海底，把鱼群照得清清楚楚，好让渔民们打到更多更大的鱼。从此，宝镜在海里变成了金月亮，放着光芒，照着世世代代的打鱼人，于是就成了美丽的"洱海月"。

原来大理的风花雪月竟有如此多多美丽浪漫的传说。

观赏着大理的风花雪月，我却发起思古之幽情。五百年来，几人不知《三国演义》的卷首词：滚滚长江东逝水，浪花淘尽英雄。是非成败转头空，青山依旧在，几度夕阳红。白发渔樵江渚上，惯看秋月春风。一壶浊酒喜相逢，古今多少事，都付笑谈中。

明代杨升庵这首千古流传的《临江仙》，如今更伴随《三国演义》电视剧主题歌的播出，为当今人们传唱不已，却少有人知道杨升庵与大理风花雪月的真切关联。升庵被贬谪流放云南三十七载，他在坎坷流离的发配途中，抒写了这首绝妙诗词，还叙写了很多的云南风光，描绘大理的山河特色。在《海风行》中，他写下关风："苍山峡束沧江口，天梁中断晴雷吼。中有不断之长风，冲破动林沙石走。咫尺颠崖迥不分，征马长嘶客低首。"气势雄浑，笔力千钧。而《龙关歌》："双洱烟波似五津，渔灯点点水粼粼。月中对影遥传酒，树里闻歌不见人。"写洱海夜色，渔舟灯火，月映银波，诗中有画，如闻其声。我觉得升庵先生才是大理"风花雪月"之说的开山人，只是人生感悟迥然不同，此景此情不关风月。

逝 水 年 华

高考琐忆

　　上大学，对于每个考生都是一段难忘的经历，有过一番历练，有其奋斗过程。至于恢复高考的七七、七八级社会考生，每个人可能都有自己的高考故事，我的上学之路也不平坦。

　　在部队时，我有过一次推荐上大学的机会，上级下达给我们部队四个名额，记得是北京大学、二军医大、北京外语学院、洛阳军事外院各一个，推荐条件要高中毕业，共产党员，班长职务，有军龄与年龄限制等。这样的标准，当时我所在部队够条件不多。推荐名额下到了我所在的单位，对照条件，也就是我够格了。上大学，那时对于我们这些军人，并没有多大的吸引力，大家平静地几乎没当回事。偏偏这时我们队长去了青岛，临时在家负责的孙军医，对我说：上学就是你了，你做好准备，等候通知，随时动身。每天起床号响起，我就打好背包，等候出发的命令，白天照常工作，到晚上再解开背包。一个多星期，就这样在等待中过去了，再往后，干脆没了消息。一问，才知道是队长回来了，他对于推荐我们上大学，丝毫不感兴趣，也可能由于上一年，我队里推荐的一名江苏兵，上大学后因个人问题有些反映，给他留下不好印象。他说："我培养的兵，干吗送去上大学？送走就回不来了，不去。"就这样，我的第一次上大学机会流失了。那年分配给我们部队的四个大学名额，竟一个也没推荐，全都作废了。军人以服从命令为天职，那时的口号是："革命军人一块砖，哪里需要哪里搬"，我没有闹任何情绪，甚至没想过也不懂得去作些争取，只是听之任之了，现在想起来，十分可惜。那时已经是文革后期，社会动荡，部队人员的思想比较混乱，为谁当兵，为谁打仗的意识，在我脑海萦绕，不如趁早转回地方，也许还有推荐上大学的机会。我复原了。

1977年春，我退伍回到了地方，不久，推荐工农兵上大学的制度被废止了。这年年底，恢复高考制度的消息传来，犹如一声惊雷，响彻祖国的大地长空，千千万万人的人生轨迹由此发生变动。刚分配工作，单位根本没有请假复习这一说。我的工作是经济民警，实际上就是今天的保安、警卫，我白天、晚上都要值班、巡逻，根本没有复习时间。我没请过一天假，就稀里糊涂仓促上阵，参加了首次高考。记得试卷有道答题是写出《三大纪律八项注意》的内容，考场上不少考生急得边唱边写，回想起来，颇为有趣。那年语文试卷的作文题目是：紧跟华主席，永唱东方红。我的作文正写到一半，考试结束前的提醒铃声响了，铃声是那么清脆而惊心，一个激灵，那时真是文思如泉奔涌，下笔滔滔。考试结果，通知我被初选了。这期间，清查"四人帮"死党和文革"三种人"的工作刚刚开始，我作为人保科的干事，参与调查一个案子，不知是因为专案调查不让走，还是其它什么的原因，我没被录取。

几个月后，全国第一次高考统考正式开始了。我接受了参加上次高考的教训，不再从我所在单位报名，而悄悄改为从户籍所在地报名，"明修栈道，暗渡陈仓"。每天我照常上班，在单位绝口不提考试，也不摸书本，只有到了晚上在家挑灯夜战，十分辛苦。因为要上班，我没有回到原先的学校补习过一次课，没找过一个辅导教师，全是自学复习。那时的复习资料奇缺，极为珍贵，我手头没有一本教材和资料，只有四处化缘，到处手抄，整个历史复习是我自编的提纲。那时我集中恶补数学，我不知从哪里借到一本苏联奥林匹克数学习题集，虽觉高深，还是硬着头皮死攻。一段时间下来，虽然看懂了习题，但记不住，解题十分困难，速度很慢，这让我走了一段大弯路，白白耗费了宝贵的时间。在报考文理科的选择上，按说我在部队有过四年专门从医的经历，应该选择报考理科医学类院校，可是数理化丢的时间长了，基础很弱，仅有几个月晚上的准备，光靠自习恢复是怎么也来不及了，又担心招生政策生变，自我感觉考文科较为胜算。那时是"饥不择食，慌不择路"，只有选择报考文科。说是复习语文，不料再次走了弯路。我借到一本汉语言语法书，一看很多语法竟然都没有学过，急促间，又是一番自学恶补，结果高考试卷中一题也没用上。上大学后才知道这全是大学学习的内容。自己的程度究竟如何呢？我很茫然，想到了"投石问路"：邻居有个应届高中生也在准备高考，他是学校的学习尖子（这所中学日后成为市里的重点高中），很受学校老师肯定，我就在星期日休息时，请他把学校考过的试卷借来给我做，同时也是按图索骥，调整和校正我的复习内容与范围。几次试卷做下来，我心里有底了，和这些应届生比较，我绝对不差。我对专门来家给我打气鼓劲的阿姨、伯伯（没想到，他们日后竟成了我的岳父岳母）说：不用安慰，我肯定能考上。

几个月的复习时间飞快过去了，我再次参加高考，这是全国首次统考。我充满自信平静地进入考场，语文题我答得比较顺利，中途出去小解，竟碰到中学时的政治教师。这个才华横溢的老大学生（我曾就读的高中有半数教师因下放，都来自一所大学），见到我很高兴，立即攀谈起来。他见我毫不着急，没有立即回到考场的意思，目光狐疑地着急地催我珍惜宝贵的考试时间，让我赶快回考场。监考教师们对我们这些大龄社会考生充满同情，也很感兴趣，一位女教师不时走到我身边，看着我飞快地答题，流露出赞许的目光；我知道，我不会考得太差。轮到考数学时，这位女教师又来到我身边，看了一会答卷，她失望地离开了，我知道没有考好。

在同一教室，我遇到我哥哥的一个同学，他是文革前的老三届学生，我最后一次见到他时，是在批斗会场，他胸前戴着"现行反革命分子"的大牌子，被人反剪双手，按着头押上批判台。看来，到了我们这一届，不唯成分，择优录取的政策算是真正实施了。一位明显大龄的女生，进到我们考场还随身带个陶瓷饭缸，考试中，看到她不时从陶瓷缸里舀汤喝，补充些能量，我想，那是鸡汤吧，她大概已拼得精疲力竭了。

最后的铃声响了，考生们三三两两走出考场。操场上考生们尽管互不相识，都在交头接耳询问和互对答案，久久不愿散去。我看到那位岁数偏大的女生，她走到考场外失声痛哭，头不停地碰撞树干，显然她考砸了。一众考生看到这情景，都从她身边默默地走开，谁也没有前去劝阻。大家知道，这时候帮不了她，谁也不知道自己的考试结果会如何，真是几人志忑几人愁。十年废除高考，十一届考生云集一时，千军万马过独木桥，命运的眷顾不可能洒向每个考生。后来数据得知，1977年全国考生有570万，仅录取27万人，录取率为4.8%；1978年考生610万人，只录取7%，再分为本专科录取，说百里挑一，毫不为过。

那时填报志愿和学校专业在先，公布高考成绩在后，大家填报都十分盲目，不知深浅。填报后，遇到我一位小学同学，他也填报了复旦大学新闻专业。那年复旦新闻专业在我省招生只有二三个名额，我问他，这么少的名额能录取到你吗？他答道：怎么就不会是我呢？结果，他高考落榜了。后来，我听说他几经高考落榜变得心灰意冷，消极颓废、游戏人生，和几个女子淫乐，正遭遇从重从快"严打"，这个干部子弟被抓捕后处以极刑。命运变动的轨迹竟是如此不同。

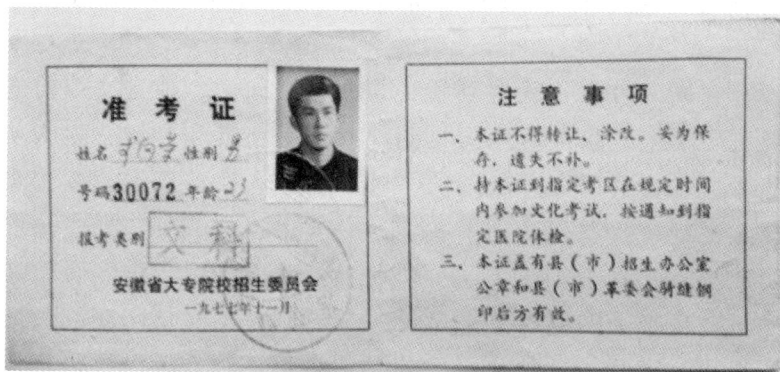

很快，考试结果揭榜了，听同事说，录取通知书已经到了我们公司，可是公司的领导既不把通知书交给我，也不告诉我已经被大学录取。当时的高考政策十分明确，规定所有考生一经录取，各单位必须放行，不得阻拦。我默默地作离开的准备，我把公司档案柜里积存多年的文革期间的匿名信、举报信、诬告信等一股脑翻出来，独自抱到外面空地上，自作主张一把火烧了个干净，公司许多干部职工，远远地看我处理这些文档材料，没有人敢上前靠近。现在回想起来，我真够大胆的，烧掉这些东西，会免去多少无辜的人再遭诽谤诬陷啊。就这样，僵持沉默了好几天，离去大学报到的最后期限只剩下两天了，我来到公司书记的办公室，开门见山地说："书记，离大学报到时间只有最后两天了，再不报到，录取通知就要作废，算自动放弃了，我要走了。你把通知书给我吧。"这书记也是军人出身，他有些不舍地劝我说："你上这大学有什么用啊，毕业了不就是当教师吗，别上了吧。"我说："这是我最后的上大学机会，我不想放弃，至于毕业后干什么，现在顾不了许多。"书记无奈地说："那你的工作交给谁呢，档案由谁保管呢？"我说："那是书记你的事了。"他想了想说："你把档案柜钥匙交给我吧。"

就这样，我也许是安徽师范大学录取新生的最后一名，在报到结束日的当天晚上，赶到了学校，开始了我的大学生活。

毕业证书

最近，外甥女从斯坦福大学顺利毕业，随即转为博士后，梅花香自苦寒来，我这做舅舅的当然为这个自小爱读书的"小学霸"感到欣慰。多年从事高等教育工作的我，要她把毕业证书影印件寄我看看，以了一段高教情结。

十年辛苦非寻常，看着这份毕业证书，想到我这书香之家成员五花八门的上大学经历，也是这个时代的映照：有小学学历上大学的，有上世纪50年代老大学生，有文革老三届上大学的，有下放知青上大学的，有入伍从军后上大学的；我们的下一代都是按部就班上学，有留学海外的，有在海外上大学的。这里不妨说说我的几份毕业证书。

首先说的是我的小学毕业证书。我小学毕业是在1966年夏季，正赶上"文化大革命"如火如荼兴起之时，本该准备升学考试、填写升学意向的我们，从广播上传来废除考试制度的消息，少不更事的我们，听说不要考试了，就像群小野马挣脱了马嚼的束缚，别提多撒欢，这时我学会一个词语，叫作"奔走相告"。毕业了，我们却不能升入中学，所有中学都停课了，老师、校长或被揪斗，或者也造反了。偌大的中国，哪有一个安静的书桌，到处都在造反、"闹革命"；我们这批失学少年却游手好闲，四处逛荡。家长们一个个忙得自顾不暇，或造反、革命着，或被冲击、被批斗着，根本无心也无暇顾及子女。这样的情形足足闹腾了两年，六年毕业的我们，变成了名义上的八年级小学生，成了中国教育史上特殊的一代，总算返回阔别二年的母校，领到一份迟发的毕业证书。证书上粘贴着我几年前带红领巾的照片（那时候的中国到处是带红袖章的人群，早已不见红领巾的踪影），而校长副校长署名的位置却是空白。因为那时的校长，早已不是校长了，他们在接受批判，揪斗，靠边站呢。记得小学时，我和几个调皮大王，经常下课就被老师领到校长室罚站（教师办公室罚站对我们是家常便饭，要升级到校长室罚站）。记得三年级时，我和同学在教室蒙着眼睛捉迷藏，你说教室里除了桌椅还有什么藏身之地？我竟然想到全身悬空爬吊在窗户外面。那可是二楼呀，正好校长从下面路过，他不敢叫我，悄悄地张着手，准备接万一掉下来的我。直到我从窗户外翻身爬回教室，他立刻赶到教室批评我，即使这样，校长也没责骂我。这张小学毕业证书，我已经保存五十年了，校长签名处成了永远的空白，可在我心里，却烙有我小学校长的姓名，他姓杨，还有赵校长，两个身材颀长的男校长（想起来，其实他们那时只是三十岁左右的青年）。

总算升入了初中，可是动荡的社会，怎能安稳办学，班级按军事化编制改称为几连几排。没上多久，我市绝大多数中学被成建制的下迁到农村，我们下迁到当时称为安徽"西伯利亚"的阜阳地区，整个学校像被打劫似的扫荡一空。记得那时是海军工程兵一团在淮河上架的浮桥。我们这些十三四岁的少男少女，说下放吧，年龄又小了点，那时创造个新词，叫作下迁，一下子把我们下到利辛，这个当时安徽最贫困的县。我们的中学教师漂流四散，几乎没人跟我们下去，他们随着各自的家庭下放到了各地农村。带我们下去的只是工宣队员，这些人多数有家有口，和我们一起下到偏僻的乡村，顿时革命觉悟没有了，叫苦不迭，他们带头抱怨着要回城回到工厂。那年冬天阜阳零下16度，冷得出奇。这些下迁学生在农村一天课也没上，到处游荡，但抵不住饥寒交迫，开始三三两两逃亡返城。这样根本不行，下迁的闹剧被迫停止了。我们这些初一学生基本都返回了城市，领着我们下迁的工宣队，也整个撤了回去。可我们的学校，这所历史悠久的老校名称已经不复存在，改为"某某厂朝阳中学"，学校变得家徒四壁，教师也一个没留下来，换了一批工宣队。工宣队员都来自一家兵工厂，文化程度明显高于以前的工宣队，他们充当老师，并担任教学。我们的机械制品三视图，就是那时学的。不久，省教育学院的一批大学教师集体下放到我们中学任教，再陆续补充一些其他中学或大学的教师，甚至我这初中生也作为"小老师"对低年级的初中生教过几堂语文课，就这么凑凑付付读完了初中。毕业来临了，那是一段不堪回首的记忆，我们再次面临四个面向，一部分升入高中，多数被下放农村，少数学生进了工厂或去了建设兵团。我被留下来升入高中，至于初中毕业证书嘛，我竟没一点印象，可能压根就没有发给我们。

高中学业在文革中期，"读书无用论"甚嚣尘上，我们参加学工、学农、学军，战备、疏散、挖防空洞等，闹腾个不停，有幸赶上刮了一阵右倾翻案风，相对安静地学习了一段时期（可惜那时我抽调到市体校集训，整个没赶上补课）。高三毕业临近，这代人的命运注定不会平静，我们不少人应征入伍了。没当兵的，再次下放去了农村。我的高中毕业证书，是在我入伍后补发的，也是我当兵几年后，才看到自己的证书。

上大学最后一年，系书记找我谈话，要我提前一年毕业，担任大学辅导员工作，我坚决拒绝了。因为我恰巧看到报告文学上说，我国打破男女跳高世界纪录的倪志钦、郑凤荣，他们的教练黄健，就因为提前工作，没拿到毕业证书，我担心像他那样肄业。大学读完了，我总算第一次顺利平静地拿到了我的毕业证书。

大学毕业后，我分到机关。老大不小了的我，成家立业，结婚生子，走着大家都走的路。进入机关后的忙碌，是我没想到的，平反冤假错案、清理"三种人"、整党、解决历史遗留问题、机构改革、跟着新班子开展工作、配备干部等，忙得不亦乐乎。几年时间倏忽而去，我来到国家教育行政学院学习。学期还没结束，我接到家中电报，母亲得了癌症，我立即中断学业，往家赶。过了不久，来函寄来了我的毕业证书，我再次拿到个不完整的毕业证书，教育部长的签名旁边又缺了我的钢印相片。

又过一段时间，人到中年的我，再次挑战自我，选择攻读中科大研究生。这次的学习更加辛劳，我只能是在职学习，从周一到周五，每天上午课程排得满满的，我从课堂一下课，就立刻转到机关工作，我那时还身兼两职，也不能请假休息。这时候又赶上双方家里两个老人得了癌症，一个中风，真是内外交困、焦头烂额。科大是理科类的研究型大学，执教甚严，几乎每周都要布置并提交一篇小论文，多头兼顾，我像台机器似地超负荷运转，兴许是过于劳累，我也一度患了小中风，面部麻痹，口眼歪斜。就这样，我也不在意面容吓人，仍然工作、学业两不误地坚持着。

两年半的研究生学业终于结束了，那天我匆匆拿回了研究生毕业证书，往家一扔，转身就赶回机关上班了。等我下班回家，还没进门，就听见妻子大惊失色地哇哇叫喊：这可糟了！你怎么这么顽皮！这是你爸爸的毕业证书，他苦熬几年才拿到，让你给毁了！只见我6岁的儿子笑嘻嘻地仰头看着他妈妈。我奔过去一看，妻子手上拿着我才发的毕业证书，只见证书的背面一个挨着一个、一行接着一行的红手印。这调皮蛋，还真有耐心啊！满满当当地捺着玫瑰红印油的小手指印！我心一沉，完了！证书毁了！赶快抢过来查看，证书背面满满的印迹是怎么也无法祛除了，反转来一看，真是万幸！竟然没有小家伙的一枚指痕，我大大地舒了口气，证书总算没毁掉，还能用。这算是我们父子俩合作完成的一幅杰作吧。

一所大学的归属

1995年12月初，我和合肥工业大学党委书记唐书记、陈副校长、党办于主任一行四人来到北京，为机械工业部和安徽省政府举行合肥工业大学部省共建签字仪式作会议准备。我们下榻于北京理工大学招待所，该大学和合肥工业大学关系很好，提供了一辆专车，供我们在京活动用。

第二天，我们到了国家机械部，见到了合肥工业大学的直接主管教育司沙司长。我们刚一坐定，沙司长就拿出部省共建的文字协议书说：部长们已经传阅，都签了字，你们看看。合工大校领导接过来一看，立刻傻眼了，书记、校长互相对视着，两人一言不发。这时候，他们不敢也不便说出他们的意见来。我接过来一看，协议上，何光远部长用铅笔写了一句批示："待时机成熟时，将合肥工业大学下放给安徽省管辖。"其他部长都打钩签字同意。我说：司长，这个文稿，我们在电话里来回反复商讨过多次，才定下来的，怎么现在出现这样大的变化？司长说：这个文稿是你起草的，我们一个字也没有修改，部里都同意，不过就是部长加了一句话。我说：这句话加上，可是非同小可，对于合工大，可以说决定这所大学的归属与命运。本来是为了省省共建合工大，现在突然提出把这所大学下放给安徽，这时候是否合适？是否先听听我们的意见？希望司长向部长反映我们的意见。司长回答说：这已经是定下来的事，你看七位部长都签了字，我们不能反映。我说：司长，既然您不便反映，能否安排我面见部长？表达我们的看法。司长说：那也不行。这事已经定了。我说：司长，既然您这么说，恕我直言，部省共建是双方协商、协议的事，需要得到双方认可。过几天就要举行签字仪式，这么重大的变更，您事先也没和我们通气，我省领导至今还不知道。我虽然只是安徽省教委一个小小的处长，但我今天来，就代表着安徽省政府。你必须向部长反映我们的意见，我也会立即向我省省长反映。在正式举行签字仪式前，请您准备好两份文本，一份是我们与你们反复协商过的文本，一份就是加了部长签字的这份文本。我现在回去立即向我省省长反映。

回到招待所，书记、校长一筹莫展，这样突然的重大变更，完全把他们打蒙了，本来是兴高采烈、满怀希望争取部里和省里的支持，现在部里却要抛下他们，划归到省，这对于一所办了几十年的全国重点大学，如此命运逆转，确实非同小可。我开书记、校长玩笑说：你们本来是争取上"211"，争取省部共建，现在却要下放到省。你们这次回去，何颜见江东父老，怎么向教职工交代啊？这时候，安徽省省长已经到京。我们必须立即面见省长，直接汇报。

次日一清早，我和陈副校长、于主任即驱车前往省长的下榻地京西宾馆。京西宾馆是中央军委招待所，会议期间，进出受到限制，这时已经一律不接待非与会人员进入了。我们进入传达室时，里面已经有不少人或坐或站在等待。我们也坐下来等候。可怎么进去呢？北京的冬天，这时候已是冰天雪地。没料到，传达室的水管道前夜被冻得爆裂了，水不断地从地面管道往外涌出，漫延到地面；宾馆工作人员拿着扫把不断地往门外扫着水，扫把扫到哪里，哪里坐着等候的人，就赶忙把双脚翘起来，以免弄湿鞋子。我这时下意识地站起来，从一旁拿了一把扫帚，和他们一起往外扫水。这个自然无意的举动，引起了宾馆工作人员的注意和好感。他们知道，这里等候的人，都是国家的公务员，其中一位工作人员，悄悄地把我拉到一边说：就要开会了，宾馆已经封闭，一律不接待人员进出了，你有什么事？我告诉这位工作人员，我有急事必须面见我省省长。他说，那作为特例，你们只能进去一个人。我们商量后，决定还是由我去向省长汇报较合适。工作人员接通了省长房间电话，接电话的是省长秘书徐锦辉同志，我简要叙述了去机械部的情况，请求徐秘书立即安排我面见省长。徐秘书说，他马上就要去开筹备会，不能来门口接我，告诉了我他的房间号。我很快进到房间，看到房间里有省长秘书、保卫参谋和曾任省委副书记、分管教育的徐书记。徐书记问我，你怎么进来的？我说了过程，他说，你要是跟我的车进来就方便多了。徐书记是来找省长谈事的。他谈完事就离开了。这时省长回良玉（时任安徽省省长）来到我等候的房间，听我汇报。我介绍了合肥工业大学这所部属重点大学的地位、社会影响，国家部委在安徽的高等院校设置情况、安徽高等教育的状况、省教育经费的情况，安徽"211"工程建设的情况，以及昨天我们去机械部商谈部省共建新的变动情况，合工大的办学情况等。我谈了近半个小时，回省长静静地听着，一言不发。突然，他站起来，说：你等等。他转身出去，把住在隔壁的副省长汪洋（时任安徽省常务副省长，主管财政）叫了过来。两人落座后，回省长说：李处长，你把刚才跟我谈的，原原本本再说一片，我俩一起听。我又重新作了汇报，明确地谈了我的看法，希望省长帮助出面解决。答案十分清楚，这时候，把合肥工业大学下放到安徽省，对于安徽的财政紧张短缺状况，对于合工大这所大学的发展，对于安徽大学教育经费寅吃卯粮的"211"工程建设，对于其他高校的教育经费配置等诸多方面，显然不利。两位省长听了我的汇报，没有讨论。就是说，他们完全赞成我的看法。回省长说：这件事就交给我们办吧。明天开经济工作会议，坐席位置已经排出了，我和机械部何部长坐前后排，我来说这件事。我说："那您和何部长商谈的结果，我们怎么知道呢？部省共建的签字仪式马上就要举行了。"那时的通讯还很不发达，联系极不方便，手机还没有面世，连哔哔机都没有出现。汪洋副省长记下了我们住地招待所的电话号码，他告诉我，由他负责把回省长与何部长商谈的情况通知我们。

回到驻地，签字仪式的会前准备工作照样紧张地进行，大家按照各自的分工在忙碌地奔走着。北京理工大学招待所那时的住宿条件很一般，我们所住的房间都没有安装电话。要打电话或接听必须要到一楼服务台去。第二天，汪洋副省长的电话，打到了我们住的招待所服务台，是陈校长下楼接的电话。汪洋副省长告诉说：回省长已与何部长做好了沟通，同意删去"下放合工大到安徽省"的话语。协议文本还按照你们的原样文稿进行。这一块巨石总算安然落地。没想到，汪省长接着又问：签字仪式安排在北京饭店，是哪一方的安排提议？宴会费用由谁负责出？这个清华出身的书生陈副校长老老实实地作了汇报。汪洋副省长说："今天会议上，江总书记专门还就端正党风，反对腐败，作了强调，明确要求省部领导要带头。签字仪式安排在北京饭店是否合适？请你们与机械部领导再汇报一下，听听他们的意见。"既然安徽省政府就部省共建签字仪式的地点和宴会提出异议，机械部领导自然提出取消在北京饭店的签字仪式，宴会自然也就相应取消了。

这下可好，下放合肥工业大学到安徽的动议，就此打住了。而部省共建签字仪式的准备工作，可就乱套了。本来有条不紊，安排就绪的一切会前准备，立即要推倒重来。

之前，北京饭店已经布置好了会场和宴会厅，准备了文字红布横幅，并给我们传真来了参加宴会36人的圆桌席位座次名单和宴席菜单，各部委参加签字仪式的来宾请帖我们已

散文部分

经分头登门送达本人了。只剩下一两天时间了，这回不仅把我们几个忙得焦头烂额，也忙坏了机械部的上上下下。签字仪式会场临时变动改到了机械部会议室，部里的同志立即分头去上街买红布作横幅，要写字、剪字粘贴到横幅上，要去向下属单位借摄像机和摄像员，要测试音响效果，要买花卉和水果等等，还要向中办警卫局打报告，因为部委机关晚间举办此类大型活动，必须报经中办警卫局同意，方可安排警力。先前请帖所请的各方来宾，因地址、时间变动，需要重新通知，我们又要跑遍北京城的各相关部委机关。须知，这些来宾，多是部长级来宾啊，他们的时间和出席人员又有各自的安排。整个机械部里，为这个签字仪式忙得不亦乐乎，大家饭也顾不上吃。到了晚上，邵奇惠副部长和部里一众人员，去附近的地摊吃起了大排档。部里的有些干部可不乐意了，有的故意当面说话给我们听：一万元一桌的宴席算什么，我们今天吃，明天吃，几乎天天吃，这算什么呀。

当晚，部省共建的签字仪式总算圆满结束。第二天，人民日报、中央人民广播电台播发了机械工业部和安徽省政府举行部省共建的新闻报道。返回的路上，我开玩笑地对一同赴京的唐书记、王校长（中途闻讯赶来）、陈副校长、省教委陈主任（签字仪式前赶来）说：我们这次北京之行，真是风波迭起、险象环生啊。大家都说，这真是我们共同的感受。

之后又过了几年，这所历史上几经变动的大学由机械部归属到教育部直管，该大学的教育地位得到了可靠的保证，教育经费有了极大的改观，学校的声誉和办学质量有了进一步的提高。关于这所学校归属的这段变动，该校领导一直讳莫如深，没有让校内教职工知晓，怕引起教职工不必要的思想波动，甚至后来的校领导也很少有人知晓。

作为当事人，我尽心尽职，作了自己该做的事。这个过程，作为高校管理调整时期的一段史实，一个教育文史资料，还是把它写出来吧，否则就淹没了。

看望 （短篇小说）

　　这天早晨，和往常一样，普普通通，平平常常。丁处长不紧不慢地拾级而上，进入办公楼，他扫了一眼大厅的挂钟，离八点还差十分，他总是这样，不早不晚，按时上班。他向等在电梯门口的同事打着招呼，立刻，他感到周围的气氛有些异样，不见了平时的插科打诨，多了些交头接耳，窃窃私语，显得有些严肃诡秘。不必费心打听，身旁的小王附耳传给他一个惊人的消息："听说昨晚洪一把住院了，可能是重病。""洪一把"是局里的一把手，权倾一时，说一不二，不知道从什么时候起，大家人前人后都尊称他为"洪一把"或"洪老板"。

　　此后，一连数日，整个机关表面上看似平平静静，波澜不惊，但稍加观察，就会发现各处室的上班状态似乎都脱离了常规，人人都有些浮躁不安，甚至有些兴奋，却又努力在压抑着自己，不表现出来。手头的公务如不是非办不可的急事，能放就放一放，各处室之间人们开始串起门来，互相打听打听情况，传播传播消息，或是关起门来，三两人凑成一堆，悄悄地商议着什么。想是避人耳目，其实你知我知，明眼人一看就知道，无非是议论"一把"的病情如何如何，什么时候、该怎么去看望，处内处外约哪些人去看望，该怎么向"一把"表示，钱从哪里出，出多少合适？

　　消息不断传来，某某处长、某某主任去医院看望，又碰到某某处长、某某主任，某某人拎了多少东西。大家争先恐后，谁也不愿送去这迟到的爱，晚去的或没去的处室，尤其是处长的压力可是越来越大了，怎么去表示也越来越犯难了。送一些高级滋补营养品吧，听说局长不爱吃，病房和家里早就没处放了。后送去的，听说局长夫人要么坚决拒绝，要么转身就送给了医生护士。若要不落俗套，送一大蓝时尚鲜花吧，去医院打探回来的人报告说，"洪一把"的病房早就摆满成了花房，说句大不敬的话，局长卧在花丛之中，真有点像开追悼会似的镜头。后来不断送去的花篮，在病房门口的走廊上只能摆上一会儿，转眼就给医院的清洁工拿走了，谁知道是转手又卖了出去，还是随手扔进了垃圾箱。早些时候还听说有的人头脑灵光，情真意切地携家带口地含泪带笑地送去老母鸡汤、甲鱼汤、燕窝汤什么的，不过很快就被医生和家属一律坚决谢绝了。看来最好是用现金表示，这玩意不招摇，不显眼，不变质，需要时随时可用，不过听说有些处室送的数目挺那个，自个儿送的是否拿得出手，得好好掂量掂量。

更让人为难的是，这样轮番轰炸似的看望，直接影响局长的休息和治疗，局里和医院一齐下起了"逐客令"，局办公室已经在病房安排轮流值班，任务是护理兼挡驾，非重要人等，一律谢绝看望。大家争着值班，就像领受最高政治任务似的光荣。也有跟办公室主任关系好的，疏通一下关节，闪身快步进入病房，屁股不敢落座，站在离局长病床一米开外，来人脸上多是堆满积蓄已久的笑容，一笑灿若鲜花，有的却能"梨花一枝春带雨"，好在能及时破涕为笑，既真情毕露，又恰倒好处；问候的话语甜蜜悦耳，很是受用中听，不过，糖吃多了会腻，好话听多了也累。也有那么几个不识相的，问候之后，还要在这当口来几句工作汇报，仿佛就他有什么重大国事非得当下请示汇报不可，这样做，往往立即会遭到值班主任的白眼，甚至不客气地当场打断话语。好在"洪一把"并不介意，他还是那么耐心，那么温和，还是那么笑容可掬，充满兴趣，偶尔还会交代几句，或是称赞几句，局长还会抬起肥肥胖胖的手指轻轻地握一握来人，或是挥挥手表示谢意，使来人感到充满信任和温暖。能让局长知道自己来了，能让局长睁开慧眼看到自己，来探望的人心也就安稳了，回去一路上都觉得春风拂面，再坐回办公室感觉处室内外都平静多了，回家睡觉也踏实多了。可是安静不了几天，又会不断听说，谁谁又去看望，谁谁可能又送了什么东西，真让人难以安宁。

过了一段时间，消息不断传来，这回"一把"真是病了，不再是小憩几天，偶感风寒什么的。医院在忙着检查、会诊、请名医、接专家，北京的医生来了，上海的医生走了，坏消息悄悄传来，听说"一把"可能得的真是大病、重病，可能卧床不起，"听说可能是绝症"。好消息又及时传开，严肃辟谣，"'一把'的病没什么大不了，不要瞎说，专家说能治好。"这不，"一把"还在召见谁谁汇报工作，还在约谁谁谈话，下达指示还是那么具体，那么重要。

听到这不断传来的消息，貌似精明、实际上十分愚钝的丁处长真是犯了踌躇。到医院看望的人去了一拨又一拨，自己还在按兵不动。不去看望那是绝对不行的，于公于私，于上于下，于情于理，怎么都说不过去。说去看吧，局长得了这样的大病自己竟然如此迟钝，毫不知情，比起别人，自己去医院看望又已经慢了好几拍，再说怎么去看？怎么表示？说起来，他同样是这个机关的处长，但实在是有职无权。谁都知道，机关与机关之间，处室与处室之间，差距太大，有的富得流油，有的清汤寡水，淡出个鸟来。他掂量自己，实在是囊中羞涩，寻思把办公室积攒几年的旧报纸卖了，想想也值不了几个钱；要动用自己的工资"口粮"去表示吧，丁处长又觉得自己没那么贱。左思右想，他终于下定决心，还是君子之交淡如水吧，就这么硬着头皮、厚着脸皮去，谁叫"一把"给自己这么个差事。

丁处长与局长的关系非比他人，交往颇深，以往局长对他的看重也非同一般，局长身居高位，在此执掌多年，德高望重，一言九鼎，近年来机关内风传局长很快就要升迁为省长。俗话说："近朱者赤，近墨者黑。"在这个关系决定一切的社会里，老丁的仕途本应一帆风顺，不知为什么，是书读多了变蠢了，还是大脑哪根筋不通，尽管他与"一把"朝夕相处，鞍前马后，效力多年，但和别人比起来，他却越来越显得书生气十足，显得不会来事，没有眼色。譬如开会时间长了，办公室烟雾缭绕，丁处长憋得受不住开窗透气，立刻会有忠心耿耿的人不留情面地当即指责："外面风大，你这样会把局长吹感冒的。"随同局长一起开拓局面，马上打天下的日子早已过去，江山坐稳的洪局长无论出行何处，总是被人前呼后拥，趋者若鹜，以往丁处长在私下所说的肺腑之言，"洪一把"早已不再爱听；尽管局长很有涵养，颔首微笑，甚至还会肯定或赞扬几句，但从局长那双锐利如刀、冷若冰霜、明察秋毫的眸子里，丁处长就是再蠢也能看出个"不"字来。

"眼睛是心灵的窗户"，这话一点不错。局长与丁处长眼睛的对视与交锋已经不止一次了。因为彼此太了解对方，有时不管对方说得如何真诚恳切，但只要互相对视一下眼睛，一切就清楚了；往往这边嘴里在说"是"，但眼睛却在告诉对方"不"；最要命的是，这两人的眼睛还会告诉对方，他知道你在说"不"。真是难得糊涂啊。话不投机半句多，局长和丁处长不知从什么时候变得貌合神离，渐去渐远了。

丁处长谁也不叫，独自径直去了医院干部病房，他谁也不去打听，朝着病房里人多花多的地方一找便是。门口值班的是办公室主任大余，见有人来，他立刻起身准备挡驾，一看是资深的丁处长，他伸出的手又犹豫地停下来，张张嘴却没说出话，丁处长一脸严肃地朝他点点头，算是打个招呼。他侧身挤过大余，进了病房。先来探望的人，见有人来，寒暄几句，很快就告辞了。丁处长上前一步与局长握手问候，他看到局长略显憔悴，有些疲倦，但仍然面带笑容，局长那双眼睛还是那么犀利洞明，咄咄逼人。出乎意料的是局长锐利的眸子紧盯着老丁，像是要通过眼睛说些什么，更像是要从向来敢于直言的老丁的眼睛里钩出些什么。丁处长明显地感到局长眼光的威力、审视与探寻，他努力避开局长的眼睛，不想让局长这样耗费精力，更不愿接受局长眼睛里那对他审视的信息，毕竟局长重病在床，丁处长打心眼里为他难受。他转身问候局长夫人，略坐了一会儿，见又有人来看望，他与局长握握手，就势告辞了。

又过了一阵，局长的病已经确诊，说是绝症，而且病情复杂，患病部位很让专家棘手。能请的医生都请了，该用的治疗手段都用了，但是病情总未见好转，而且恶化的趋势还在加快。局里的传闻如非常时期的天气预报，一会儿晴转阴，一会儿阴转晴，有时还会急剧降温，出现雨夹雪，挺折腾人。看望局长的热潮和人流在迅速减退，甚至有谣言说局长在病房里大哭，是疼痛还是什么不得而知。听到这样的消息，丁处长坐不住了，这时候他得再去看看局长。再见到局长，只见他的外形起了很大变化，见是老丁来了，局长那双眼睛还是死死地盯住老丁，像是要从老丁的眼睛里抠出点什么，只是明显地减少了精光和威势。局长对自己的病情心里有数，但他绝口不提一字，也不再想与任何来人交谈。两人相对无言，老丁默默地坐了一会儿，他仔细地观察着局长，说句该打嘴的话，老丁吃惊地发现，局长那双眼睛此时充满着挣扎、不甘、无奈和哀怨。

秋去冬来，局长的病情在继续恶化，医院的积极治疗已经停止，转为维持生命了。机关的值班还在安排，大家都十分疲倦，开始互相推托，也不再议论说去看望了。显然，局长的时日已经不多了。丁处长的心跟着沉重起来，他又去病房看望局长。这时的病房安静极了，除了局长家属在一旁默默陪伴外，已经空无他人。丁处长径直走到局长病床前，看到局长已瘦脱得变形，久久地注视着局长的眼睛。老丁惊愕地看到，局长的眼睛只在他的脸上转动了一下，就转过头看着天花板不再转动，他的眼神是那么空洞无物，精光散尽。此时的局长已是万事皆休，不再关心什么，不再指示什么了。望着局长，老丁在一旁久久地站立着，一句话也说不出来。此时，一切都显得多余和无力，一切都无话可说了。走出病房，老丁强忍的泪水夺眶而出。

几天后，局长静静地离开了人世。追悼会开得隆重、肃穆，高层领导和各界人士纷纷前往参加，局新一届班子成员集体出场，调度有方，大伙儿像赶集似地互相打着招呼，然后排队，进场，默哀，鞠躬，告别。

看着这场面，丁处长从心底发出一声叹息，"洪一把"的时代结束了，"辛一把"的时代开始了。

2003.2

理解的礼物（译文） 保罗·维利亚德

当我第一次走进威克登先生的糖果店时，大约只有四岁左右。尽管五十多年过去了，但那奇妙甜香的小小糖果世界，我至今仍然记忆犹新。

只要系在前门上的小铃铛一响，年逾花甲，满头银发的威克登先生就会默默地出现在糖果柜台后面。

孩子们哪里受得了这些花花绿绿的糖果的诱惑，要想从中挑选一种糖果可真犯难啊！得在小脑瓜里先挑选一样糖果想像着它是什么味道，然后再考虑换到下一个品种。当挑好的糖果终于被威克登先生装进一个小纸袋里时，孩子们总感觉有些惋惜，也许另一种糖果的味道会更好些，吃的时间会更长些呢。

威克登先生很有两下子，他先把孩子们挑好的糖果装进糖袋，然后停下来看着你，虽然他不吭声，但每个孩子都能从老人扬起的眉头中懂得自己还可以重新做出选择。一直等到孩子们把支付糖果的钱放上柜台后，老人才把糖果袋口叠封好，这时，孩子们的选择也就到此结束了。

从我家到有轨电车车站相距有两条马路，如果我们去乘车来回都得经过糖果店。妈妈有时带我一起进城，下了电车，往家走时，就会领我到老人的糖果店里。

"让我们看看这里有什么好吃的。"妈妈一边说一边拉着我走到长长的玻璃柜台前，这时，威克登先生就会从帘子后面走出来。当我妈妈站在柜台旁和老人谈话时，我兴致勃勃目不转睛地盯着柜台里摆放的各色糖果，然后，妈妈让我挑选了几样，她再把钱付给老人。

母亲每个星期要进城一两次，她每次进城总是带上我（那时还没有托儿所，甚至连听都没听过这个词），这样，妈妈带我进老人的糖果店去买些好吃的，就成了经常的事，而且，打第一次进糖果店起，妈妈就让我自己挑选想吃的糖果。

那时，我对钱的概念一无所知。我只是看到妈妈给店主一些东西，然后店主就会给妈妈一盒物品或一包东西什么的。这样久而久之，"交易"的意识开始慢慢地在我心里形成。又过了一段时间，我决心独自一人穿过那两条长长的马路，至威克登老人的糖果店去。我记得当我推开店铺的大门时，门铃叮当响了，那花花绿绿的糖果世界一下子迷住了我，我一步一步地挪到玻璃柜台前。

这边摆放着薄荷香味的薄荷糖，那边是大块大块的软糖，上面还沾满亮晶晶的白糖粒，吃起来是那么甜软可口，另一个盘子里，装的是宝宝奶油巧克力糖。在盘子后面的盒子里，装着许多许多圆圆的硬糖，这种糖能把你的小嘴巴塞得鼓鼓的，当然还有甘草棒棒糖，吃这种糖要含在嘴里慢慢让它溶化，只要不咬碎，就能吃很长很长时间……

当我挑好想吃的糖果，老人俯身问："小朋友，有钱吗？""嗯！当然有！"我回答道，"我有好多好多钱。"我把小拳头伸到老人手上，倒下十几粒用锡纸包着的樱桃籽。威克登老人楞在那儿注视着我。

"还不够吗？"我着急地问道，老人轻轻地叹了口气。"我想是多了点，"他说，"还得找些给你。"他走到那台老式的现金出纳机前，拉开抽屉，又转身回到柜台前，俯下身，把两个一便士的钱放到我的手心里。

母亲找到我后，责备我不该一人乱跑，不过她根本没想到问我付钱的事。妈妈再也不允许我一个人独自到商店去，除非事先给她打招呼。我听从了，打那以后，只要妈妈同意我去糖果店，总会给我一些钱的。我也记不得有第二次用樱桃籽买糖的事了。随着我渐渐长大，用樱桃籽买糖的事慢慢地在记忆中淡忘了。

到六七岁时，我们家搬到了美国东部。我在那儿长大，成亲，建立了自己的家庭。我们夫妻俩开了一个小店铺，专门养殖和出售各种观赏鱼。大部分品种的鱼是直接从亚洲、非洲和南美洲进口的，有几个名贵品种的鱼要卖到近五十美元一对。

一个阳光明媚的下午，店里走进来一对小兄妹，大约只有五六岁。我正忙着清理鱼缸，两个孩子瞪着大大的眼睛，目不转睛地站在旁边观看。在清澈透亮的水中，珠光鳞鳞的美丽的小鱼儿正在自由自在地畅游着。

"真棒！"那男孩叫道，"我们能买几条吗？"

"你有钱吗。"我答道，

"有，我们有很多很多钱！"小女孩信心十足地说。

不知为什么，小女孩的话使我产生了一种似曾熟悉的奇怪感觉。

他们看了好一会鱼，小兄妹俩向我要了几对不同品种的鱼。我把鱼捞进密封袋里，又把袋子放到一个手提包里，交给了小男孩。

"小心提着。"我叮嘱他。 他点点头，转身对妹妹说："你给钱。"我伸手去接。当女孩伸出小手时，虽然什么也没说，我却突然感到将要发生些什么。她松开小拳头，把两个五分和一角的小硬币放到我的手掌里。

刹那间，我突然想起了威克登先生，老人多年前给我糖果的那一幕震动了我。直到这时，我才意识到自己当年给老人出的难题，也直到这时，我才理会到他解决难题的方式是多么恰到好处。看着手里的硬币，我仿佛又站到那小小的糖果柜台前。就像当年的老威克登先生一样，我理解眼前这两个孩子的天真无邪，也意识到自己必须尽到保护这种美好纯真的责任。

我完全沉浸在童年的回忆中，连喉咙都感到了哽咽。

"还不够吗？"小姑娘怯生生地低声问。

"还多了点儿。"我尽力抑制住哽咽的嗓音，从放钱的抽屉里翻找出两个便士，放到小女孩张开的手掌上。我站在门口，望着那两个孩子沿着人行道慢慢地离去，他们的小手小心地拎着他们心爱的宝贝。

我转身回到店里，妻子正站在凳子上，两只手臂浸在鱼缸里，她在整理水草。"怎么回事？"她问，"你知道送给他们多少钱的鱼吗？"

"大约三十美元吧，"我答道，"因为我别无选择。"

我向她讲述了老威克登先生的故事，妻子的眼睛湿润了，她从凳子上下来，在我的脸颊上轻轻地吻了一下。

"我现在仍然能感觉到那牛皮软糖的香味。"我感慨地说。我敢打赌，在我清刷最后一个鱼缸时，我听到了从背后传来的老威克登先生轻快的笑声。

刊载于 1995.2.23《安徽人口报》

文　学　评　论　部　分

文 学 评 论 部 分

莎士比亚戏剧意象特征分析

20世纪中叶，西方莎学因意象派的兴起而别开生面，对"说不尽的莎士比亚"，人们更加说不尽了。这一标新立异的学术观点、研究方法和评论流派，对于各派莎评所产生的启迪和影响是巨大的。通过对莎士比亚戏剧意象的研究，我们对莎士比亚的思想和艺术有了更为深刻的认识和理解，对于解析莎士比亚的思想活动、创作历程及其剧作的艺术魔力，窥察莎士比亚独特的思维方式和非凡活跃的想象力，解析莎士比亚对于一系列社会问题和剧作主题的看法与感受，探讨莎士比亚剧作思想的内容与艺术形式的完美融合是十分有益的。

据伦敦大学斯珀津教授研究发现，莎士比亚戏剧中出现的意象多达数千个。莎剧中的这些意象是独特的、莎士比亚式的意象，它既不同于17世纪英国"玄学派"诗人约翰·邓恩那种以理性和逻辑思考代替感情自然流露、取喻怪僻奇特的意象，又有别于本世纪初埃兹拉·庞德和埃米·罗维尔所代表的英美意象派诗的意象。莎士比亚戏剧的意象由火热的创作激情熔铸而出，饱含着丰富的社会内容，"像是用另一种媒介对文字作出连续的伴奏，有时象征性地强调或解释思想的某些方面，有时在直接提供点缀或气氛，有时是怪诞的，甚至是令人反感的、逼真的、离奇的、引人注目的，有时又在形象和色彩上描绘出非人间的美"①。正是通过这些意象，表现了莎士比亚对社会和人生的深刻感受、强烈情感与精邃见解。这些意象绝非牵强附会的刻意制作，而是其创作灵感与激情的自然流露，是其思想火花的天才闪烁。

意象派诗人庞德评价说："意象在任何情形下都不只是一个思想，它是一团或一堆交溶的思想，具有活力。"莎士比亚的意象在剧作中形成"一条不间断的总是生动的链条，因为是连续的，所以常常是细致入微的……需要读者的注意力不停地活动着"②，它们"不是用幻想给机械地连接到一起，而是有机地连接起来，是受到主导激情的控制并在彼此之间发生着相互影响"③。这些彼此关联、互为影响的不间断的意象链条，在剧中犹如一个活跃的精灵时隐时现，不停地刺激和调动着读者、观众的情感与注意力，反复地渲染气氛，烘托主题。它在剧中所发挥的作用如同歌剧中重复出现的主题歌一样，在于提高、发展、延续、重复剧作中表达的感情。这些草蛇灰线般的意象线索，若即若离，将人们的思想与注意力自然而然、不知不觉地导引、融汇于剧作"思想与意象的快速流动、急剧变化和游戏性质"④之中，伴随剧情的展开而感情起伏，思绪翻腾。

莎士比亚的每部剧作都有一些意象和意象群体反复出现，用以表现剧作的主题思想，形成戏剧氛围。在其早期剧作中，意象的出现一般比较浅显、程式化，而在其成熟时期的剧作，尤其在伟大的悲剧如《哈姆雷特》《李尔王》《麦克白》中，意象的产生往往为主题的感情所决定，显得微妙复杂、变化万千，它不仅一再显现于文字表示的图象中，而且重复出现在个别单词的使用上。这些象征深远、含蕴丰富的意象词语，不易辨察，而又活跃自然，颇像一个细密分布于全身的微循环系统，成为剧作不可分割的有机组成部分。这些意象在莎士比亚生活热情和创作激情的驱使下，常常具有多层次、多方面的含义，其象征意义与作用，往往可以烛照全场，甚至烛照全剧，发现、理解和揭示这些意象的象征含义、相互关系及其在剧作中的地位与作用，不仅能够准确地击中莎剧主题思想的许多奇妙音键，辨听其不同凡响的"交响乐章"，而且有助于人们领悟自身之所以受到莎士比亚戏剧艺术魅力的强烈感染和悲剧情感深深刺激的缘由来。

在意象的运用上，莎士比亚以其大量的、连续不断的、反复出现的意象和意象群，形成了区别于其他诗人、剧作家的独特风格，这也是莎剧意象最为突出、最引人注目的典型特征。这里，我们把意象出现的这种连续性和重复性，视为莎士比亚戏剧意象的第一个也是最主要的特征。

人们注意到莎士比亚剧中存在着同类词语的大量出现和同类词汇的对比映照现象，莎士比亚常以个别词语重复出现的方式对观众进行暗示和强调，通过这些词语向观众持续地输入信息，逐渐酿成戏剧效果。对于这些大量的、反复出现的象征性意象，我们只要仔细辨识是不难察觉的。如"自然""违反自然的"一类词语，在《李尔王》里出现多次，在《雅典的泰门》里出现25次，在《麦克白》里出现28次，大致包括了伊丽莎白时代这一词语的全部含义。而"黑暗"和"血"一类的词语在《麦克白》中则出现得更为频繁，这类前后连接、重复再现、不断强调、延绵全剧的词语，构成了一幅色彩阴沉昏暗、血雨腥风的历史画面，形成一派动荡混乱、恐怖不安的悲剧氛围，强烈而持续地影响、刺激着观众的情绪和注意力。探究此剧所形成的极为阴郁昏沉、恐怖不安的悲剧气氛，分析莎士比亚之所以能魔术般地牵动人们的心弦，调拨人们的感情，研讨其神奇的悲剧效果，这些大量、连续、反复再现的意象当然是不容忽视的重要因素之一。

意象是和全剧的情节、结构发生联系的，它们相互之间或并行不悖、或交叉纠结，有时意象则成为剧情本身的元素。如果把全剧的结构比作一条清晰可见的明线，那么这些连续重现的意象则是一条不易觉察的隐线。许多意象细节往往细致入微，一晃而过，观众的注意力也在随着剧情的发展而转移、变换、跳跃，甚至那些鲜明生动、具体可感的意象，由于我们未加注意而视为自己头脑中的幻象很快地忽略过去。而莎剧意象的这种重复性、连续性却在大幅度地调动观众的注意力，尽可能地引导、提示、激发观众的想象与联想，引起感情共鸣，发挥贯串联系的实际效果，使悲剧感情和基本象征这条线不断向前延伸，不致中断，从而保持、发展和升华悲剧感情并揭示全剧的意义。因为经过强化、突出的东西，更易加深印象、激发效果、触动观众。这样，我们只要对剧中意象的出现有所感知，就可能根据少许特征被刺激出一个生动完整的意象来。反之，没有这种连续性、重复性，则难以积蓄悲剧感情和形成"一定长度的"悲剧过程，剧中的意象则支离破碎，难以把握和被人忽视。

斯珀津发现："莎士比亚的全部作品，自始至终，部部都有一些起主导作用的意象"。这些起主导作用的意象与剧作的主题思想密切相关。它们往往是主题思想直接或间接的注解、延伸、深化和补充。这种起主导作用的，强烈而持续的意象贯穿并牵动着全剧，它是那么强劲有力，地位显赫，以致驾驭、统领、调动和影响着其它意象，使之为其服务。因此，我们把这些具有主导作用的意象视为莎剧意象的极为重要的第二个特征。

在《罗密欧与朱丽叶》中，主导的意象是"光"，表现为太阳、月亮、繁星、电光、炸药的闪光等意象的反复出现。莎士比亚把青春的美丽与炽热的爱情看成是黑暗世界里耀眼的阳光和灿烂的星光。"光"象征新型的爱情，它照亮了黑暗的中世纪。而《哈姆雷特》《李尔王》等剧却沉浸在一种迥然不同的悲剧气氛中，其中一个重要原因是由于剧作中包含着众多疾病、精神苦痛或身体残缺等意象。发挥主导作用的是通过疾病、毒疮、恶瘤等"丑恶"的意象来象征社会的腐败、肮脏与罪恶。在《雅典的泰门》中，主导的意象是"金子"，那么在《麦克白》中，主导的意象是什么呢？布鲁克斯认为是"婴儿"。在他看来，这一意象是直接阐明主题的，婴儿是这一悲剧中最有力的象征，是统领并包含全剧的中心象征。"赤身裸体的婴儿，在狂风中健步，或像一个天上的小天使，御风而行"，这是麦克白把人们对将遇害的邓肯表示怜悯所作的奇特比喻。这一意象本身是矛盾和奇怪的，因为怜悯若像软弱无助的婴儿，就谈不上在狂风中健步；若怜悯像御风而行的小天使，则强健有力，不存在软弱，也就难以让人怜悯。布鲁克斯却从矛盾中看出，这一意象一方面说明人们对邓肯被害产生怜悯之心，一方面又说明由怜悯而产生愤恨的力量，这又引起麦克白将受惩罚的畏惧心情，这一意象同时又与剧中其它许多的婴儿、孩子相映照、相结合。婴儿有时表现为人物，如麦克德夫的孩子；有时表现为象征，如女巫唤出戴王冠的婴儿和流血的婴儿；有时表现为比喻，婴儿意味着麦克白想控制而控制不了的未来，也象征着具有生活意义和发展前景的一切新事物，象征着人是有感情和非理性的。因为孩子正是未来、生命和活力的象征。另外，婴儿的意象也意味着与邪恶抗争的力量，寓示着麦克白的未来与终将失败的结局，足见这一主导意象与全剧主题思想、人物命运的紧密关系。

《麦克白》中另一极为重要的意象是"服装"的意象。这个意象是斯珀津教授发现的。她认为：麦克白觉得新荣誉对他很不自然，好像一件属于别人的宽大的不合身的衣服，即"旧衣服"的意象，她通过小人、侏儒与巨人衣服的对比来解释莎士比亚对麦克白的印象：一个可怜而且有点滑稽的人物。由于她的机械分类法，她未能看清这些意象之间某些更为重要的关系，未能探索出她的发现的全部意义。布鲁克斯则认为，这是把旧衣服意象的一方面的意义看成是主要方面的意义了。他指出这一比喻的关键不在于小人与大衣的对比，而在于不管人物大小，麦克白穿的不是自己的衣服，这身衣服是偷来的，穿着它深感不安。另外，衣服也是伪装的象征，麦克白不愿扮演也确实扮演不好伪装者的角色。布鲁克斯看到，在贯串全剧的一系列衣服的比喻中，还出现一连串戴面具、披画皮的象征虚伪伪装的同类意象，这些意象提示了麦克白在全剧中力图掩饰伪装自己，实则是沐猴而冠。布鲁克斯则发现了斯珀津所未曾注意的一个重要意象即"穿上血污短裤的匕首"，这个变形的衣服象征，意义深刻，象征明显，豁然地揭露了麦克白弑君篡位，伪装忠贞善良的真面目。这种从意象与意象之间的联系上，从意象和剧作结构、人物形象所发生的关系上，从意象所发挥的多方面、多层次的象征含义上，对莎剧展开的深入研究，确实给人以洞幽探微，柳暗花明，耳目一新的感觉。

莎士比亚的每一剧作中都有一定类型的意象，而且这些意象大致地呈现为一定比例，尤其在悲剧中，某些成群的意象好像在某一剧作中表现得特别突出，并由于这些意象内容特殊或数量特多，或两者都不平常，而立刻引起读者的注意。这里，我们把这种大量的、同类的意象群的存在，视为莎剧意象的第三个特征。

许多莎学家都注意到，莎士比亚早期作品的格调是明朗欢快的，充满了色彩鲜丽的感性意象。在这时的剧作里，"一切是青春与春天"，"你会在人物性格上感到南方气候的影响，像在《罗密欧与朱丽叶》里那样强烈"。这与莎士比亚的早期思想是完全吻合的，这时他认为复杂的社会矛盾是可以解决的，人与人之间的和谐关系是可以实现的，因此他的剧作充满了人文主义理想的乐观气氛。但后期剧作里，可以明显地看出其思想、情感的巨大变化，出现的意象迥别于前期。如《哈姆雷特》中大量出现丑恶、疾病、恶疮、肿瘤等意象，《李尔王》中大量出现的有关人体遭受极端痛苦折磨的意象和野兽撕咬相残的意象。这些意象的出现显然是他人文主义的理想与资本主义发展的丑恶现实发生剧烈冲突时的思想与情感产物。在这时期，他对现实世界、社会环境的认识大大加深了，他看到整个世界、社会秩序都颠倒混乱了。生活的各方面都充斥着邪恶不公，人的尊严与善美都横遭践踏，反映出莎士比亚这一时期痛苦的思想活动和剧烈的感情波澜。作为理性和感情综合性的意象，十分自然地被莎士比亚自觉不自觉地用来表述他对时代、社会问题的清楚、深刻和独到的看法与感受。

在分析《麦克白》那种极为阴沉、令人不安的悲剧气氛时，我们注意到一些内容别致、形象奇特的意象和意象群。较之婴儿、衣服的意象，剧中出现次数更多、更为明显的乃是血、黑暗、动物、野兽类型的意象群，可以说是连绵不断，覆被全剧。这些意象之间联系紧密、相互交织、协调连贯、交错为用，以其独特的作用和悲剧效果，给人以难忘的印象。

在对莎剧意象的研究中，人们还注意到这样一个突出的现象：即许多意象和意象群都以对立组合的形式出现，形成一组组自然对称的意象。这些意象相互对照，相互作用，相生相克，相反相成，形成莎剧意象的独特的内在和谐与统一。雨果称道这位擅长运用对称对比手法的大师说："他的每一个字都有形象，每一个字都有对照，每一个字都有白昼和黑夜"，"莎士比亚的对称，是一种普通的对称，无时不有，无处不有；这是一种普遍存在的对照。"这种对立对称是那样地贴切自然，巧妙和谐，谁也不能分割和去除，谁也不能替代或否认。在此我们把它视为莎剧意象区别于其他诗人、剧作家的第四个重要特征。

在《麦克白》等剧作中，这种对立对称现象是十分突出的。如母亲与婴儿、孩子，疾病、伤痛与医生、医药，黑暗与光明，血与水，暴风雨与音乐，天堂与地狱等意象的对立组合都是明显确切的，意味深长的。意象的对立性在剧中的作用，在于引导、强调、提示和突出重点，通过比较对照，使意象更为鲜明生动，强劲有力，使剧作的抽象深刻的意义化为可以感触的形象。意象的反复性虽然能够强烈持续地影响观众的想象和情绪，但这种不断产生的信息持续地刺激观众的感官，也会使人紧张疲倦，而这种对立性的配合运用，则可使兴奋焦点转移，促使观众恢复和振作。意象的对立不在于维持刺激，而在于增加兴趣，引导观众的情绪自然地发展。它不是造成兴趣的分散、转移和干扰，而是有助于注意力的高度集中与意象的协调一致。

在探讨莎剧意象之间的对立统一时，我们还注意到各组对立意象之间的细微区别和不同效用。这种对立，或是两个意象相互依存、贯串始终的比较对照，或是戏剧冲突高潮时出现鲜明对比，或是同类意象之间的矛盾冲突。这种对立，或助于阐明刻划主题，或用于建构气氛，增强效果，或利于表现人物形象和戏剧冲突……可谓纷纭繁杂，各显其妙。

歌德说得好："谁要理解诗人，就一定要进入他的领域"。步入莎士比亚戏剧中的神秘迷宫，常使人感到想像的匮乏和理解的局限，难以追踪这位伟大艺术家的思维与激情。雨果曾感叹说："莎士比亚是播种'眩晕'的人，他自己眩晕而且也使观众眩晕，但是又没有任何东西像这种动人的伟大这样坚固有力。"莎士比亚戏剧之所以成为人类艺术的一座高峰，意象手法的运用难道不是一个重要的原因吗？

注：

①卡罗琳·斯珀津《莎士比亚的意象》，见《莎士比亚评论汇编》（下），中国社会科学出版社1981年版，第330页。

②④柯尔律治《文学传记》第15章，见《莎士比亚评论汇编》（下），中国社会科学出版社1981年版，第350、351页。

③布鲁克斯《"赤体婴儿"和"雄传的外衣"》，见《莎士比亚评论汇编》（下），中国社会科学出版社1981年版，第348页。

此文刊载于《安徽大学学报（哲学社会科学版）》1993年第2期，中国人民大学期刊复印报刊资料《戏剧研究》1993年8月全文转载，1994年被东北师范大学出版社《中国莎学简史》1917–1993年中国莎士比亚研究论文选编400篇收载。

《麦克白》对立意象的分析

在对莎剧意象的研究中，人们注意到这样一个现象：许多意象和意象群都以对立组合的形式，成双成对地出现，形成一组组自然对称的意象组合。这些意象相互对照、相互作用、相生相克、相反相成，形成莎剧意象独特的内在和谐与统一。雨果称道这位擅长运用对称对比手法的大师说："他的每一个字都有形象，每一个字都有对照，每一个字都有白昼和黑夜"，"莎士比亚的对称，是一种普通的对称，无时不有，无处不有，这是一种普遍存在的对照。"①这是永远存在的正反，这是最基本的对照，这是永恒而普通的矛盾，这种对立对称是那么贴切自然巧妙和谐，谁也不能分割和去除，谁也不能替代和否认。在此我们把它视为莎剧意象区别于其它诗人、戏剧家的重要特征之一。

在《麦克白》中，这种对比对称现象是十分突出的。如母亲与婴儿、孩子，血与水，黑暗与光明，天堂与地狱，疾患与医药等意象的对立组合都是极其明显确切、意味深长的。本文就该剧中的一些意象和意象群专门展开分析。

"赤体婴儿"与"母亲"的意象

麦克白夫人在怂恿犹豫惶恐的丈夫时，说过一段令人心颤、毛骨悚然的话：

"我曾经哺乳过婴儿；知道一个母亲是怎样怜爱那吮吸她乳汁的子女，可是我会在他看着我的脸微笑的时候，从他的柔软的嫩嘴里摘下我的乳头，把他的脑袋砸碎。"

这是感情和人性的两极，是一个母亲冰炭不同、截然相对、极善与极恶反差对立的形象。一边是无限亲情、深厚真挚的母爱，一边却是灭绝天性、违背人伦、丧失理性的凶狠残忍的恶；母亲与婴儿之间血肉一体的亲情关系，竟然陡变为截然排斥、完全对立的两极，母亲的形象显然是极度地扭曲，变态，畸形了。

一个经过十月怀胎、痛苦分娩，以乳汁滋养子女的慈爱母亲，与幸福而甜蜜地吮吸乳汁的柔弱娇嫩的婴儿，组合成一幅崇高、圣洁却又真实自然的人类生活的画面。然而，这个母亲为了实现丈夫的野心，帮助丈夫攫取王冠，却一扫"女性的柔弱"，要化"奶水"为"胆汁"，她不顾一切，抛弃一切，甚至完全丧失了人性，这自然引起观众可怕的联想和恐惧之情。

婴儿嗷嗷待哺，意味着柔弱、怜悯，而母亲却丧失人性，毫无怜悯之心。麦克白夫人深知其丈夫的天性中"充满了太多的人性的乳臭"，在邪恶面前，还是个"雏儿"，而要弑君篡位，她的丈夫就必须抛弃怜悯和同情，成为没有人性的人，一个兽性的"男子汉"。为了帮助丈夫，她呼吁让罪恶"进入我妇人的胸中，把我的乳水当作胆汁"。她要哺育罪恶、养殖兽性。黑暗与她罪恶地结合，使她不孕而生，这个可怕的女人，"已经感觉到未来的搏动了。"这真是具有十足的讽刺意味。她热切地向往未来，为了抓住未来，她不惜一切代价，甚至孩子挡住她的未来之路，她也宁愿砸碎孩子的脑袋。可谓否定之否定，孩子是未来的象征，是生命、活力和希望之所在，否定了孩子，还有什么未来？其结果最终却是否定了自己。这确实是悲剧性的。

柯德维尔关于英国诗人的一些分析，有助于我们对这组对立意象的理解："在这个原始积累时期，资产阶级的各种发展条件都是无法无天地创造出来的。对于每个资产者来说，仿佛他的本能——他的'自由'——受到种种法律、特权和禁条不可容忍的束缚，似乎美和生命只有通过他的欲望和猛烈扩张才能得到。狂妄的意志，'血腥、大胆和坚毅'、放纵不羁，就是这个原始积累时代的精神。凌驾于一切其它意志之上的绝对个人意志，从而成了伊丽莎白时代的生活准则。"②

身处资本主义阵营中的莎士比亚，深深认识到原始积累的激烈残暴，确切地表达了这个时代活力充沛，肆无忌惮的君主式的资产阶级意志的狂暴力量。《麦克白》中母亲、婴儿的意象是直接为男女主人公的形象、性格和意志冲突服务的，而麦克白夫妇形象的意义就在于表现这一时期资产阶级肆无忌惮、放荡不羁的自我实现、自我扩张，哪怕是自己的婴儿甚至死亡也不能阻止这种自我表现。"人类个性的这种毫无羁绊的实现，意味着必然规律同样毫无羁绊的运行。作为资本主义推动力的那种矛盾，在莎士比亚悲剧里得到反复的表现。"③麦克白夫妇的野心、欲望实现了——却又迅速地颠倒了，"搏动的未来"流产了，连同他们自身一同毁灭、消亡。巨匠笔下的人物命运和悲剧结局，发展的是这样的自然。莎士比亚，这个伟大的剧作家，以其特有的思想深度和对人类社会的广博理解，身在资本主义发展初期，观察资本主义矛盾运动，就已清醒地预见到资本主义将由盛而衰的必然历史趋势，从而在思想和艺术成就上达到历史的新高度。

血与水的意象

这一对立组合更是十分明确、鲜明有力。"资本来到世间，每个毛孔都滴着血和肮脏的东西。"过渡时期的英国，社会矛盾、阶级矛盾、民族矛盾空前尖锐，王公贵族们正在背叛封建主义而形成一个资本主义社会的新的上层，整个社会结构在解体、崩溃，发生剧烈的动荡和变动，这一时期是以血与火的文字载入人类编年史的。那么，《麦克白》这面时代的镜子又是怎样折射的呢？

我们看到，象征着凶杀和死亡的"血"的意象，几乎连续不断地重现在剧中的每一幕、每一场，全剧到处洒满了鲜血。从开场到结束，是两次血腥的战争，贯穿全剧，迅速发展的情节是三次谋杀，可以说，每场都离不开流血、阴谋、残杀与死亡。

剧中人物一登场，映入观众眼帘的就是血的形象——"流血的军曹"。人物的第一句台词就是"那个流血的人是谁？"随之，血的意象就像一条不间断的生动的链条，在观众的视觉、听觉中不断地跳跃、回荡，刺激着观众的感官，吸引观众的注意力不停地活动，激起观众的情绪。

还是把这些鱼贯而出，一晃而过，细致入微的意象细节串起来看吧：

"麦克白挥舞着他血腥的宝剑，象一个煞星似的一路砍杀过去……挺剑从他的肚脐上刺进去，把他的胸膛划破，一直划到下巴上，他的头已经割下来挂在我们的城楼上了"，"他拼着浴血负创，非让尸骸铺满原野"，"开始了一场惨酷的血战"……

这些血腥残杀的字眼持续不断地涌现，立刻使我们联想到这是一个血腥的时代，一个充满厮杀、阴谋、外侵、内患的野蛮而残酷的时代。血，象征着那个时代，是那个时代的标记。作为这个典型环境中的典型人物，麦克白凭着他的勇猛无畏，血战沙场的精神曾立下赫赫战功，然而同时，在这样的时代和社会环境里，他的野心和权欲也在迅速地漫无边际地滋长、蔓延着。

谋杀国王邓肯前后，血的意象更为鲜明触目，可知可感。在行凶时那一紧张而恐怖的时刻，麦克白眼前赫然出现幻觉：一柄晃动着的匕首，"刃上和柄上流着一滴一滴的刚才所没有的血。"莎士比亚把这两个意象相结合，挑逗、戏弄着这个凶杀犯，折磨、鞭挞着他脆弱的神经。犯罪感使麦克白像醉汉似的踉踉跄跄，如同在海上遭遇了风暴，而这种风暴却是在主人公心灵深处掀起的，透过这些意象，我们不难窥视到人物剧烈的情感意志冲突。

麦克白再次上场，已是双手鲜血，极度恐惧和犯罪感折磨得他近乎精神错乱，他感到众目睽睽，"看见我高举这双杀人的血手。"似乎面对千夫所指，他瞪视着血手，丧魂失魄，歇斯底里地自问自答：

"这是什么手？嘿，它们要挖出我的眼睛，大洋里所有的水，能够洗净我手上的血迹吗？不，恐怕我这一手的血，倒要把这一碧无垠的海水染成一片殷红呢。"

水，作为血的直接对立的意象此时凛然出现，两相对照，更加映衬出罪恶的深广度来。罪行的无可挽回使麦克白痛感到自己的不可救药，他作为人的价值和内心的安宁是永远丧失了。同样双手沾满鲜血的麦克白夫人自欺欺人，自慰慰人地说：只要"这一点点的水就可以替我们泯除痕迹。"然而，罪恶的血迹却从此深深地烙入他们的灵魂，这是永远洗涤不尽的，血的意象果然从此追随着人物，一直到死。

这组意象之间的关系是耐人寻味的。一方面，血迹是现实的罪证，欲消除罪证，掩饰罪恶，需要用水来冲洗，然而，洗去的只能是罪证，而不能消除罪恶，洗净罪行。在麦克白诗一般夸张的痛苦的自白中，人们不能不受到强烈的震撼，这是罪犯口中吐出的痛苦的真理，这是严肃无情的生活逻辑。另一方面，任何对立都是比较和相对的，象征往往表现为他们的反面。血的意象在向对立面转化，并作为麦克白夫妇的对立面出现，它会向世人揭露麦克白弑君篡位的罪行。而水的意象则成了生命力、正义感的象征，"一碧无垠"的海水，不是帮助罪犯消除罪证，掩饰罪行，而是以"一片殷红"来向世人揭示昭告他们的罪行。这时血与水的意象从对立走向了统一。

麦克白夫人后来也深感罪恶永远无法洗刷，她害了丈夫，毁了自己。这个悲剧人物直到最后还在苦苦支撑她破碎的神经来宽慰丈夫，希望分担和减轻丈夫精神的重负，还在梦呓，"洗净你的手……"血与水意象的对照就是如此鲜明生动、强烈而持续。莎士比亚坚信人性未泯、良知长存，从而把人物内心的痛苦表现得尖利刺心、痛彻心腑，给人以强烈的震动，赢得了无数观众的同情、理解、宽宥和眼泪，收到了很好的悲剧效果。

血与水意象的对立组合，大大深化、开拓了主题，善有善报，恶有恶报，暴君受到了毫厘不爽的报应。贯穿全剧的血的意象在告诉人们：血腥的罪行必须受到血腥的惩罚，以牙还牙，以血还血。

黑暗与光明的意象

在《麦克白》中，这组意象的对立冲突较之作者的其它剧作似乎更加明显。这组象征性的意象，有力地反映了那个新旧交替的过渡时期尖锐的社会矛盾，激烈的阶级冲突和斗争。

我们看到全剧的框架仿佛被一幅黑暗无边的帷幕所笼罩，黑暗几乎吞噬了一切。这时的莎士比亚，用笔是如此吝啬，他难得为全剧的画面涂上一点亮色，然而却是泼墨画鬼，大笔大笔地涂抹着黑暗、阴沉的色调。全剧自始至终，我们见不到灿烂的阳光、明媚的月色，甚至繁星点点的星空也未能出现过，所谓"天上也讲究节俭，把灯烛一起熄灭了"，而火把提示人的是动荡、混乱、恐惧和凶险；摇曳不定，若明若暗的烛光则象征着人世的荒凉、孤独，人生的短暂、无常。

拉开剧幕，就是"雷电轰轰雨濛濛"，麦克白上场的第一句台词就是"我从来没有见过这样阴郁而又这样光明的日子。"当听到玛尔康将继承王位，麦克白的旁白是："星星啊，收起你们的火焰！不要让光亮照见我的黑暗幽深的欲望。"男女主人公的城堡也曾有"一阵阵温柔的和风轻轻吹拂，""夏天燕子在这里筑下温暖的巢居"，"空气里有一种诱人的香味"。然而，这美妙的韶光迅速消逝了，麦克白夫人为了实施阴谋在乞求、呼唤："来，阴沉的黑夜，用最昏暗的地狱中的浓烟罩住你自己……让青天不能从黑暗的重衾里探出头来"。安宁的城堡成了地狱的场所，黑暗与罪恶结伴而行，在吞噬一切，这个女人诅咒着"太阳永远不会见到那样一个明天了。"《共产党宣言》说的好："资产阶级在它已经取得了统治的地方，把一切封建的、宗法的和田园诗般的封建关系都破坏了……"同样在写黑夜，在《罗密欧与朱丽叶》中是美好、甜蜜的夏夜，在那里青春和爱情在绽开幸福的花朵；而《麦克白》中的夏夜却是"一派阴森可怕的气氛"，阴谋在进行，罪恶在肆虐。在这黑夜里，"纯洁无邪的少女害怕爱情，但又渴望爱情，就像恶棍害怕但又渴望野心一样。暗中施给幽灵的危险之吻，在这里是有声有色的，而在另一个地方却是野蛮残酷的。"④黑暗，在剧中成了罪恶的媒婆，阴谋和凶恶的同犯与化身。

"晚上刮着很厉害的暴风……一场绝大的纷争和混乱，降临在这不幸的时代。黑暗中出现的凶鸟整整地吵了一个漫漫长夜"，这对于那个已经土崩瓦解的封建贵族阶级"果然是一个可怕的夜晚"，整个封建社会的秩序、道德伦理观念完全混乱了，一切都越出了常轨："照钟点现在应该是白天了，可是黑夜的魔手却把那盏在天空中运行的明灯遮蔽得不露一丝光亮。难道黑夜已经统治一切，还是因为白昼不屑露面，所以在这应该有阳光遍吻大地的时候，地面上却被无边的黑暗所笼罩？"这是封建社会统治阶级的"日全食"，天狗吞吃了太阳！莎士比亚把大自然的反常现象与新旧交替时代社会的剧烈变更、动荡和黑暗、罪恶的现实紧密地揉和在一起，反映出人们在社会巨变中的惊恐和惶惑。肖伯纳说："戏剧不只是自然的照相，它是人的意志和他的环境间的冲突的讽喻式的表现，事实和规律跟人类情感的对立创造了戏剧。"

黑暗帮助麦克白攫取了王冠。可是王冠却不能给麦克白带来光明与安宁，等待他的是更为凶险莫测的命运。麦克白咬牙切齿地说："我的星宿给他罩住了，就像凯撒罩住了安东尼的星座。"为了保住王冠，让自己的后代永世为王，决定让班戈父子"同时接受黑暗的命运"，这个黑暗的罪魁再次呼唤："来，使人盲目的黑夜，遮住了可怜的白昼的温柔的眼睛，用你的无形的毒手，毁除那使我畏惧的重大绊脚石吧。"形容词的运用把自然现象完全人格化了，变成有生命有感觉的东西。

当黑暗已经遮掩不住罪恶时，男女主人公的对话是意味深长的。

麦克白："……夜过去多少了？"

麦克白夫人："差不多到了黑夜和白昼的交界，分别不出是昼是夜来。"

光明与黑暗在进行激烈的较量，这是黎明前的黑暗的图景。莎剧的意象蕴含非常丰富，黑暗成全了麦克白夫妇，同时却又吞噬毁灭了他们。他们离不开黑暗，又见不得光明，可同时他们却又惧怕、憎恶黑暗，需要和渴求光明。这时的黑暗已是男女主人公悲剧命运和结局的象征。黑暗是冷酷可怕的，而他们心灵深处的黑暗却更为阴森沉郁。在毁灭的前夕，麦克白对那个可怕的世界发泄强烈的仇恨和攻击："愿这不祥的时辰在日历上永远被人诅咒。"

黎明前的夜是最黑暗的一幕，暴君统治下的苏格兰成了人间地狱。"每一个新的黎明都听得见新媚的寡妇在哭泣，新失父母的孤儿在号啕"，那些在"光天化日之下不敢露脸"的衣冠禽兽，靠疯狂的杀戮来维持那濒临崩溃的政权了。

"黑暗无论怎样悠长，白昼总会到来的。"

这饱含哲理和坚定信念的台词揭示了历史发展的必然趋势。象征中世纪漫长的封建制，象征人世间一切罪恶与不义的"黑暗"的意象，与象征人类进步、历史发展的正义和光明的"白昼"的意象，在这里再一次进行强烈而鲜明的总体性对照。

看过《麦克白》戏剧的人大概很难忘记这样一个象征性的场面：在黑暗幽深的城堡，身着睡衣的麦克白夫人手持一根蜡烛，像幽灵似地孤独地出现在舞台上。她比任何人都更深刻地感受到："地狱是这样幽暗！"斯达尔夫人评论说："人类所能设想的两种最有悲剧性的处境，都是由莎士比亚首先加以描写的，这就是由痛苦而引起的疯狂和遭遇不幸时的孤独"⑤。麦克白夫人则在这两种处境的夹迫中苟延残生。她的撼人心灵的疯狂与梦游，替她揭去了脸上的黑色面纱，她不再遮掩、保留什么了。她的心胸太阴冷黑暗了，她是那样的惧怕黑暗，企求光明，希望哪怕是透进一丝的光亮来。"她通宵点着灯"，她需要人类的温暖与同情，她要离开地狱、回到人间。然而，一切都为时已晚，她只有一死以了残生。莎士比亚在这里以整个场面和人物作为意象，来表现"人类精神在生活风暴超过了自己力量遭到毁灭时的最动人的图象。"⑥这时的莎士比亚是严峻无情的，他锋利如刀的笔触一直把麦克白夫人送入死境。麦克白夫人犹如微弱短促的烛光，在封建社会的漫漫长夜，这支惨淡摇曳的烛光是无法抵御无边的黑暗的，等待他们的只有被吞噬和熄灭的命运，在大自然没有给她带来死亡之前，黑暗的社会其实早已吞没了她。"我们所有的昨天，不过替傻子们照亮了到死亡的土壤中去的路，熄灭了吧，熄灭了吧，短促的烛光！"濒临死亡的麦克白再次借用烛光对空虚无聊的人生发出悲观厌世的哀叹，把人生的空虚短暂与人世的拼搏凶残、倾轧争斗作了强烈对比。这对悲剧人物的悲剧命运，深刻地表明他们只能是社会的牺牲品。

麦克白被杀，黑暗应该结束了。然而冷峻的莎士比亚最终未让普照万物的太阳在剧中露出笑脸，这是为什么？因为莎士比亚所处的时代和社会仍然是残酷与黑暗的，人文主义理想的曙光被原始积累时期的黑暗现实所吞没。这不，莎士比亚留下了一个象征性的伏笔：班戈的子孙将要为王，一场新的斗争正在揭晓，麻尔孔这个"手持树枝戴王冠的小儿"又将被推翻，那个黑暗的时代远未结束，血与火的斗争还在进行。这反映了莎士比亚这个伟大的悲剧家严肃的生活态度和深刻的思想境界。

雨果说："莎士比亚是一种想象……想象就是深度，没有一种机能比想象更能自我深化，更能深入对象。"通过对《麦克白》意象的初步分析，我们对莎士比亚戏剧"那永不衰竭的活力，俯拾即是的灵感，像草地一样的比喻，像橡树一样的对称，像宇宙一样的对照和深沉……"有了进一步的感受；对莎剧意象所蕴含的思想内容和感情色彩加深了理解；对意象在剧作中的重要作用和奇妙独特的戏剧效果，对意象与人物形象、人物性格的密切关系，对剧作结构与情节的形成与进展有了新的认识。

莎士比亚戏剧，这一人类艺术的瑰宝，确实永远闪耀着它的天才光辉。

此文刊载于《安徽教育学院学报（社会科学版）》1992年第1期

注：

①雨果：《莎士比亚的天才》，《莎士比亚评论汇编》（上），中国社会科学出版社1979年版，第415、416页。

②柯德维尔：《英国诗人》，《莎士比亚评论汇编》（下），中国社会科学出版社1981年版，第451、452页。

③柯德维尔：《英国诗人》，《莎士比亚评论汇编》（下），中国社会科学出版社1981年版，第453页。

④雨果：《莎士比亚的天才》，《莎士比亚评论汇编》（上），中国社会科学出版社1979年版，第413页。

⑤斯达尔夫人：《论莎士比亚的悲剧》，《莎士比亚评论汇编》（上），中国社会科学出版社1979年版，第369—370页。

⑥斯达尔夫人：《论莎士比亚的悲剧》，《莎士比亚评论汇编》（上），中国社会科学出版社1979年版，第369—370页。

文学评论部分